北上广女子图鉴

王小圈——著

百花洲文艺出版社
BAIHUAZHOU LITERATURE AND ART PRESS

图书在版编目(CIP)数据

北上广女子图鉴 / 王小圈著. --南昌 ： 百花洲文
艺出版社，2018.10
ISBN 978-7-5500-2973-6

Ⅰ．①北… Ⅱ．①王… Ⅲ．①故事－作品集－中国－
当代 Ⅳ．①I247.81

中国版本图书馆 CIP 数据核字 (2018) 第 196311 号

北上广女子图鉴

王小圈　著

出 版 人　姚雪雪
责任编辑　袁　蓉
出版发行　百花洲文艺出版社
社　　址　南昌市红谷滩新区世贸路 898 号博能中心一期 A 座 20 楼
邮　　编　330038
经　　销　全国新华书店
印　　刷　三河市金元印装有限公司
开　　本　880mm×1230mm 1/32
印　　张　8.75
版　　次　2018 年 10 月第 1 版第 1 次印刷
字　　数　160 千字
书　　号　ISBN 978-7-5500-2973-6
定　　价　39.80元

赣版权登字 05-2018-280

邮购联系 0791-86895108
网址 http://www.bhzwy.com
图书若有印装错误，影响阅读，可向承印厂联系调换。

目　录

百分百完美女孩

一

这是我第一次带项目。十个人出头的项目，做了大半年，正要出成绩的时候，一个骨干说要去创业，不多久有个人拿了研究生offer要去英国。几天后，我觉得最不可能跑的实习生，说有事想跟我谈谈。

这是她第一次主动找我谈话，我还以为她工作遇到了困难，带着倾囊相授的热心进了玻璃会议室。她说要辞职，话一出口就开始哭，哭得妆都花了，睫毛膏混着泪水蜿蜒而下。

"你说实话，要去哪里？要是同行，以后也有个照应。"我用若无其事的口吻说。

"没有。我要休息。我必须休息。"她抽抽噎噎，口风还挺严。

我递过一包纸巾："别哭了，让人看到以为我欺负你。"

她埋下头，呜咽着说抱歉对不起。聊了一会儿，什么也问不出来。

"你非走不可了是吧？"我问。

她低着头没看我，但很坚定地点了点头。我离开了会议室，留她在那里好好收拾情绪。

不用多久，行政人员该追上来调查了，我该怎么解释：我们的薪资待遇都是业内领先的，我到底做了什么天怒人怨的事，导致如此密集的流失率？

创业的那位，暗暗筹备了两年。留学的那位，去年就开始考雅思递申请。这两位都不能怪我，但是一直表现优异的她，即将转正的她，是为了什么呢？

她叫小璐，是我带的第一个实习生，表现堪称完美。

第一印象觉得她很白，白得能看到血管，面试时带点儿怯生生的神情。我不大喜欢这种哼哼唧唧的姑娘，但很欣赏她那种说什么都只会答应"好"的省心。当时有个项目缺个英语好的人打杂，就招了她。实习生嘛，能凑合用就行。用着用着，觉得她很勤快，人又聪明，一说就懂，一点就会，就打算留用。

她一直都是很期待留下来的样子，虽然并不明说，也不知道我的打算。我准备晚点儿告诉她。如果她不找我谈话，下周五就准备告诉她。人啊，但凡有一点小小的权力，就舍不得不去用。

之前的大项目结束后，我争取到自己带项目的机会。我每天装得冷静镇定，其实比谁都紧张。我怕自己不能服众，怕镇不住场子，怕被人看出来心里没底，怕项目失败。我千方百计把焦虑压在心里，但浑身紧绷的状态谁都看得出来。

我太害怕了，这是我费尽力气得来的东西，我决不许自己把它搞砸，也不许别人把它搞砸。我早出晚归，一切都围绕着项目转，我保持最低频率的吃饭喝水上厕所健身，只为了保证每天早晨能从床上顺利醒来，然后，去上班。

当小兵的第一年，往往在学习如何让自己紧张起来，以跟上工作节奏；带队的第一年，要学的却是如何放松，让自己控制节奏，有余地才有控制力。可惜当时我并不知道。

我手忙脚乱地接受人力资源部和直接上司的质询，再三表白，自己的工作方法可能有问题，但绝没有违规。大概这三个人在离职谈话中都帮我说话，HR 没有为难我。

我转身就一头扎进工作中，还有两个月，产品的原始版本就要测试了，这周要了结的事情一堆，我实在没时间去想其他的。小璐第二天还来上班，我让她把工作交接一下，赶紧休年假事假，把假期余额用完，赶紧辞职，赶紧空出一个名额，我赶紧招人，争取在项目测试前，把人员结构稳定下来。

二

周四下午接到通知，我才意识到这周五公司要搬家。下班前每个人把办公用品和私人用品打包，贴标签，双休日搬家公司的人来搬走。下周一进新办公楼，拆包上班。行政人员很早就发邮件了，因为通知太早，我忘了。

整理东西不是我的长项。我打包完自己的桌子柜子，贴好名字编号，抬起头来已是天黑，办公室的人早已跑光，过道里都是打包好的箱子。只有一张桌子还是堆得满满当当的，一副工作状态，哦，小璐，那天她匆匆忙忙哭着走，忘记让她收拾桌子了！看来今天又要很晚回家了。

她的键盘上被保安放了醒目的黄条儿，显示她有一个包裹到了。我吃完晚饭顺路去帮她领了来。纸箱散了，露出一塑料袋番薯干。

她很喜欢吃这个，还问过我要不要。我试了，咬不动。她说是她妈妈从老家带给她的，吃到妈妈做的番薯干，就像回家一样。

"你以后想回家工作吗？"我问过她。

她皱着眉说："不不。我一定要留下来。"

她似乎觉得自己说错了什么，赶紧补充道："是留在这个城市。我不要回家。回老家只能找一份饿不死的工作，会马上嫁人。让我现在回家嫁人，那还不如死了算了。"

"我有一同学毕业就嫁人了，现在住在小洋楼里，生了对双胞胎女儿，朋友圈不要太温馨哦。"我说。

她做了个鬼脸："我也有个同学一毕业就嫁人了，也生了两个女儿……"她摇摇头，没接下去，过了半晌，补了句，"反正我要留下来，一定。"

电脑屏幕边贴了一排的纸条，还标着日期。我近视，之前看不清写的什么，还嘲笑她的电脑像是客服部借来的。那些便利贴上写着细细碎碎的杂事，文件整理、复印、数据格式整理，甚至电影拷贝——这都不是她工作范围的事儿，没有人会为这些事情给 KPI[1]。

她在帮其他同事干活，公务和私事都有。我不知道她还有这么多琐事要做。我应该告诉她的，公事需求要么后台提交，要么邮件提

---

[1] 关键绩效指标。

交，抄送我，否则这算什么？被别人蚕食工作时间，白白做苦力。

我把包裹丢到桌子上，鼠标一动，屏幕亮起。记得她来实习的第一天，不知道哪里看来的鸡汤文学，帮我收拾桌子洗了茶杯又关了电脑，本该通宵跑的程序毫无结果，气得我胃疼，告诉她我一年也不见得会关机一次。那之后，她也渐渐习惯不关电脑了。

屏幕上显示的是她最后的工作界面——那张表格。我周一让她在下班前填几张表，第二天我要拿那个表算几个要紧的数据，完了我多说了句："有空的话，你自己也可以算算看，看最后跟我算出来的差多少。"

我在内网服务器上查阅了这张表格，点开右键，一列密密麻麻的自动保存记录。为了我一句话，她算了一整个晚上，修修补补。我坐在她的位置上，想象她绞尽脑汁抓耳挠腮一遍遍调试的模样。

她是一个追求完美的人，给我的文件连订书针的分布都规整均匀，文字稿极少有错别字，数据表注释规整，一丝不苟。但我从来没想过，为这份严谨，她要付出多少时间。

她刚来的时候总是很晚回家，之后租房子到公司附近更是如此。某次月底考勤，她的记录几乎天天缺勤，行政人员说她的考勤表格都是乱的，我才发现办公室的自动考评机总是把她夜里 12 点以后下班打卡，误判为上班打卡。之后 IT 修复了这个毛病，我再也没关心过她几点下班。

关了显示器，我第一次认真地观察她的办公桌，竟然如此凌乱，很不符合我印象中她的工作作风。

桌上赫然躺着一只开裂的手机壳。

她生日那天，大家分完蛋糕，渐渐散去。她在窗边打电话，突然暴躁得像 20 世纪 90 年代的言情剧女主，一边摔手机，一边大喊："我死也不回去！"引得众人侧目。厚厚的地毯能摔裂至此，可见那力气有多大。然后她捡起手机，捋捋刘海，对侧目的人说"对不起"，若无其事地走回工位，又是一副温柔谦逊的模样。

她到底是一个什么样的人呢？

工作中我最关心的永远是工作内容的输出和 KPI 的实现，我很少注意到其他人的生活状态。我只要她给我一个结果，很少关心那个结果是怎么来的。我只要一个用着顺手的同事，很少关心她在公司里过得好不好，开心不开心。

她的桌子上摊着一堆的报表，表格上圈点勾画，不少红笔注释。绝大多数表格并不是我安排的工作，而是 SVN（共享资料库）里堆的历史资料。有一处数据异常，被她连画了三个圈，打了一个问号。

收拾掉摊在桌面的一层散乱表格，奇奇怪怪的东西开始显露。

左手最边上放了两本书，一本《三招学会 Excel》，另一本《世界上最伟大的市场营销》。我扑哧一声笑出来。第一次看到这两本书的时候，她刚来没多久，我嘲笑她买这种浮夸的东西不如老老实实去找本教材看。

公司楼下有个教市场营销的培训班，某次我们一群人吃完饭上来，她看着培训班的横幅说，蛮想去里面上个课学一学。大家都笑了。姚小姐说："就我们公司这牌子，你能给他们去上课。"她红了脸，局促地搓搓衣角，说："我觉得自己什么都不懂。"

她是英语专业，高中是文科，刚来时的确一窍不通，大概真的是很着急学这些。桌上还有不少 SAS、SPSS 等统计软件的学习笔记，上面还有随手画的小人小乌龟，能想象出她咬着笔头冥思苦想的样子。我从来只觉得她很聪明，却没想到是下苦功硬啃下来的。

电脑屏幕下的杂物盒里有个统一发的名片盒，已经积满灰尘，里面各种会员卡倒是比名片还多。一张健身会所的卡是公司福利，每个月去四次以上就可以全额报销，旁边放着健身记录卡，每周五次，她次次不落。

中间的抽屉放着新人培训实习日历卡。从第三天起，每一天都写着"留"。一个又一个的"留"，不同的笔迹，不同的笔，有的急急忙忙十分潦草，只有一个"L"，有的一笔一画端正工整，最后几十天没有写字，每天都画了一个"×"。

她来的第三天，我曾告诉她十个实习生不是所有人都能留下，要看工作表现。其他人一天到晚找项目组的主管表忠心，从来不见她去说。

三

柜子里放着漱口水、口香糖、情人节礼盒装的巧克力。盒子很轻，是空的。礼盒上原封不动打着蝴蝶结缎带，被小心翼翼地收在角落。

她有男朋友吗？没听说过，我很少听她讲私人的事情，可能是我没听到，也可能是她不愿意讲。

在我们这样的公司文化里，对姑娘而言，大龄单身是一件值得荣耀的事。公司文化十分"女性友好"，这个"友好"不是体现在久久不批准的哺乳室申请案里，而是体现在鼓励女性单身上：先是"独立自强新女性"，然后是"我单身我骄傲"，然后是"一辈子一个人也可以很好"，然后是"优秀的女性不需要家庭"云云，总之，鼓励女性把生命献给职业，不，献给公司。既然我们公司是该领域内数一数二的强者，爱自己就是爱职业，爱职业当然等于爱公司。

公司也是这么期待女职员的，盼着她们每个人都来去无牵挂，祝愿她们有钱有闲，闲下来的时间热爱加班，单身到老。万一结婚了，祝福她们晚婚晚育，丁克最好，冻卵报销，千万不要生二胎。

可是一个人，无论男女，想要爱情又有什么错呢？喜欢孩子又有什么错呢？

左手是消费主义，右手是精英主义。消费主义说"女人就应该买买买"，精英主义说"女人就应该积极加班"，左手进右手出，作为"人"的主体性就这样被剪刀差生吞活剥了。

家庭不能概括一个人的所有成就，工作也不能概括一个人的所有成就，她的成就是她自己，是她独一无二的身体，是她独立自由之精神，是她热爱的东西，是能让她感觉到生命在发光发热的东西。

在工作和消费之外，在婚姻和恋爱之外，我的小璐，你是谁呢？

"你有什么特别喜欢的东西吗？"我第一次见她时就问她。她想了想说，听音乐，看电影。

我们聊了聊音乐和电影，我说："这只能算消遣。爱好是那种让你从中获得力量，可以沉浸其中，忘我享受的东西。"

"有没有想过如果你有一笔家族信托可以挥霍，不愁吃穿，这辈子想要做什么呢？"我问她。

她很认真地想了会儿，说："不知道。先让我每天睡到自然醒一个月，我才有脑子想吧。"

我们之间这样的对话并不多，一般都是关于工作内容："表更新了吗？""测试过了吗？""程序那边怎么说？"……除此之外，我对她的了解，还不如对清洁阿姨了解得多。我知道我们的清洁阿姨喜欢吃鲜肉月饼，下周会去听上海小百花的新戏。

四

抽屉第一层是审计师事务所的表，作为上市公司，行政人员每年都会发表要求每个员工签名自陈没有内幕交易操纵股价云云。这张薄薄的纸打了个浅浅的掩护，下面是一份课表。

一份培训机构的课表。课程主要是统计和编程。我想起来了，每次双休日的团建的腐败活动她都不参加，因为她要去上课。上课地点离这里很远，每个双休日她就这样奔波往来。

抽屉第二层有一个电热水袋，一堆暖宝宝、冰敷贴。

冬天她总说自己四肢冰冷，可一到下午，又每每脸红得发烫。她喜欢用不锈钢订书机贴着脸，不知道这样是不是会舒服点。

旁边的储物柜里堆着睡袋、泳衣泳镜、拖鞋、高跟鞋、运动鞋、丝袜、折叠雨伞、网球拍、羽毛球拍……林林总总。

外套口袋里，有一包烟。男朋友的？她没提起过有男友，倒是整天开玩笑说自己"单身没人要"。据姚小姐八卦，小璐刚来的时候经常和楼上项目组的白先生一起打羽毛球。那是个长相干净的程序员，是个很好心的先生，干干净净的衬衫，干干净净的活儿，不论小璐提什么千奇百怪的需求，他总能转化成可以实现的办法，再满口应承下来。不过白先生对谁都这样，这大概不算罪证。

里面收了一瓶香水，连盒子收着。好眼熟。这个牌子姚小姐很喜欢，有着春天明媚甜美的气息，很少女。她买来做部门抽奖的小礼物，结果自己没抽到，倒被白先生走了运。

当时大家都喝醉了，陶小姐酸他说："你拿去也没用呀，你又没女朋友。"

白先生当场就拆了，往身上一喷，乔张做致地翘起兰花指说："我自己用不行吗？好闻不？"

一群人笑岔了气，说："死娘炮！"只有小璐傻傻地说："好闻。"

衣服口袋里掉出一只打火机。大概是她自己在抽烟了。

市场部会有几个女孩子半公开地在消防梯抽烟。并不是没有吸烟室，但女孩子抽烟，怎么说呢？旁人不说什么，多半是自己心里觉得不太好，总是遮遮掩掩的。小璐并不是其中之一。

她是什么时候开始抽烟的呢？在哪里偷偷抽烟？是第一次让她出报表的晚上，还是监控失灵数据异常的短信一分钟发了120封的那个下午？是第一次和时差部门合作时那个状况百出的清晨，还是那位好心的先生宣布脱单的周末聚餐之后？

抽屉第三层，打开就见她的病历本，夹了一堆处方和化验单，摸上去厚厚的，里面写满了头疼脑热。旁边一堆念不通顺名字的药。

可是她从来没跟我说过，也从不请假。一份预约单滑落，是公司指定的心理诊所。三个月前的预约，她并没有去。

我开会时说："保持身体健康是很重要的工作能力，是对个人负责，也是对工作负责。"是，我会强迫自己去跑步，不是为了健身，单纯是为了保持工作状态。但我忘了，除了身体健康，还有精神健康。

她第一次见雷达图时，跟我说："应该叫蜘蛛图，四面八方牵扯着，看着好累。"我看着工位，仿佛见她站在雷达图中间的小圆点上，方向相反的压力将她撕扯着，紧紧的。

我的完美女孩死死卡在她的完美表现里，不能动弹。她拼命想要这份工作，又拼命想要离开。她想要爱情，又无法靠近。她拼尽力气，咬牙坚持，绷得牙床酸楚，终于分崩离析。

五

想起念初中时，班里有一个女同学，总是受同桌欺负。丢书，忍耐；撕作业，忍耐；扔衣服，忍耐；变本加厉，忍耐。突然有一天，毫无征兆地，受欺负的那个人就暴走了，抄起椅子往同桌脑袋上拍，几个人拦都拦不住。同桌差点被打瞎眼睛。我想，如果他真的瞎了，她进工读学校，就拍手称快皆大欢喜了吗？如果家人教育她可以从一开始就反抗，会不会对大家都好一点？

温柔勤奋的小璐，就这样一步步忍耐，前一秒风平浪静，后一秒哭着说辞职。我总是说转正的话就能加多少薪，我总以为钱给足够了，一切问题都会解决。我根本不知道她有那么多的秘密。我不知道她为了得到这份工作付出了多少努力，为了百分百完美的表现受了多少委屈。

我终于把桌子整理完。夜已深了，办公室也黑了，只有我头顶的几盏感应灯还亮着。空无一物的办公桌在灯光下拉出整齐狭长的投影。

投影与投影间，我似乎看到小璐工作的模样：她像一头小兽，挣扎着，攀爬着，在没有退路的森林里逃生，她孤军奋战，慌不择路。

她一页页浏览招聘网站，怕公司不要她。她努力健身，怕病倒在办公室。她一行一行抠公式，怕自己学得太慢。她战战兢兢地过每一天，终于下定决心离开。

她文火煎熬的职场第一年，也是我焦虑紧张的带队第一年。

毫无经验的我向她传达了职业技能，没有传达正确的职业态度。我只把她当一个工作的工具。我只求她输出工作内容，从不关心她的工作心情和状态。我第一次带人，不懂沟通；她第一次上班，不懂拒绝。我以这种自己以为职业却最不职业的方式，一步步把她紧逼到墙角。

如果时光可以重来，我想告诉她：无论你处于什么位置，是待定的实习生，或是资深的技术大佬，都有拒绝别人的权力。

几天后，搬完家，我看到有一个岗位招应届生，想内推小璐。

"是个没有赢利压力的口碑项目，部门主管我很熟，很有经验，人也很好。"我几乎是央求她。

休完假，她反而有些憔悴，点点头，不知是真心答应转岗，还是又一次的"无法拒绝"。

这便是我第一次带实习生的故事。

职场不相信眼泪，所以我希望没有人哭。

一间自己的房间

《一间自己的房间》是伍尔夫的一本散文集。她说女人想要从父母子女或伴侣的"共有生活"中跳脱出来、想要做自己的事，必须有一间属于自己的可以上锁的房间，以及一份 500 英镑年薪的收入。500 英镑大概是当时男性劳动力的人均收入的两倍。

上锁的房间给人以空间，两倍的收入给人以时间。要空间和时间做什么？——获取思考和表达的自由。

一

我在老家有自己的房间，也有锁。但如果父母要敲门，无论是来我房里找猫，或是穿过房间去阳台给小葱浇水，我都不好意思不给开——从这个意义上说，我并没有上锁的自由。

第一次有真正上锁的房间，是在广州，那年我大四，在天河实习。

广州是个单身友好型城市。你可以轻松买一根排骨两支玉米回去煲汤，不必担心菜场摊主的白眼。煲汤又是一种单身友好型料理，一个电炖盅，放好食材和水，定时，闪人，下班到家就可以轻松享受晚餐。即便是火锅，到了广州也有小小只的版本，不论是香港打边炉还是澳门豆捞，一个人围一个锅，毫无压迫感。

我租住的房子不是很好。我先是见识了水杯里的小强浮尸，然后亲眼看着小强顺着拖鞋爬进睡裙。睡觉时我很仔细地压好蚊帐，关灯。结果一只油光锃亮的小强从缝隙漏了进去，借着月光看到它，我忙往外跑，却发现不小心把蚊帐压得太好，我坐在凉席上，身体压着席子，席子压着蚊帐。我和小强，四目相对，谁也出不去。它起飞了，翅膀轰鸣扑面而来，我的魂也飞走了。

第二天，在房东的建议下我买了专业蟑香，一盒十六片，每一片都是电蚊香片那么大。封门、封水管、封排气孔、封窗，点燃一整盒。然后出门施施然吃煲仔饭、逛街、看电影，估摸着五六个小时后到家，开门换气开灯，我的魂飞回来了——

黑压压铺了一地的小强尸体，不对，是身体，密密麻麻的，像是春节后麻将室清晨的地面，铺满了牌友和围观群众嗑了一个白天一个通宵的瓜子壳。蟑香只管熏晕，不管熏死，所以乌泱泱的小强六脚朝天，不安地蠕动着挣扎着。

我抽出一双一次性筷子，把它们扫起来，倒进一个大饼干桶里。盖上瓶盖儿，最后还恶趣味地在透明塑料桶上扎了几个小孔。开电扇，通风，洗头洗澡，睡觉。半夜里，我听到饼干桶滚动的声音。满当当的小强渐渐过了蟑香的药效，苏醒过来，它们在瓶子里奔跑跳跃，活泼健壮。

经此一役，天朗气清，房间里出现什么都吓不到我。

毕业后我回到杭州，有了一个属于自己的房间，有锁，安静，没有打扰。我可以自由自在地想在里面做什么就做什么。

然而房间可得，产权不可得。

一个人住的第五年，搬了三次家。有时是因为换工作，有时是因为换室友。有人说："房子是租来的，生活不是。"这是安慰人的。租来的房子，先不提舍不得花真材实料装修，光是日常软装都很成问题。

晚上瞎逛偶尔会遇到美院的学生在西湖边摆摊，有时候卖画儿，有时候卖木工，几十块可以买一个他们手工做的东西，哪怕是作废的，也比工厂里几万个一套模灵气。这些小东西，素来只是敢看不敢买，一想起搬家时一筐一筐的鸡肋，就直冒冷汗，被迫断舍离。

直到那天我看到一只粗粗笨笨的青色大茶钵，一看就适合拿来泡面，造型简单，颜色古朴。

"这个多少钱？"我随便问问。

摊子后面一个蒙着围巾的长卷发冲我笑了笑，用手戳戳"每件50"的纸板牌，露出一只纤细的手。

"是你自己烧的吗？"我又问。

"这个烧得不好，"长卷发拉下围巾说，"烧得好就不是这个价啦！"

我才发现摊主不是姑娘，是个长发男生。夜幕下看不真切，只看那神气也知道是个漂亮的男孩子，漂亮的人总是比旁人多出一份自信。他做的陶器也这么漂亮，我左看右看，还是看不出哪里烧得不好。

"很有日本的风格。"我兴奋地说。

"照着这个做的造型，做了一些改动，开口的角度还差一点。"他拿出一个本子，给我看一张彩打的图，写着××博物馆唐代宜兴窑什么青釉什么碗。

我不好意思起来，风吹得脸火烫。

我装没带钱，问他收不收微信转账。他笑着点点头。我不甚光彩地把他加上了好友，假装从此认识一个漂亮的男孩子。

二

茶钵太美，和我的一屋子杂物不搭。

它来自另一个世界，整洁的，简单的，属于秋风卷落叶的庭院，属于月凉如水的天台。就算收拾一宿的屋子，斑驳的墙壁、老旧的家具、淘宝包邮的电脑桌也没有一个能配得上它。

我蜷在床头一篇一篇翻美院小哥的朋友圈，像是翻作品集。看他办个人作品展，看他深夜读书，看他随笔涂鸦，看他给书设计封面，看他做戏剧节的画册，看他出一窑一窑的陶器，亲昵地称它们为"一笼"，让人想起热气腾腾的包子。原来真的有人可以把生活过成诗，流连于艺术和美，辗转于画与雕塑。

而我只是一个在科技园区计算广告数据的加班狗，穿 T 恤冲锋衣，黑眼圈，没有锻炼，疲于奔命，下班只想刷点不用动脑子的剧，虫子一样努力活着。他的杭州是亭台楼阁诗酒茶，我的杭州是打卡公交大润发。

这夜的吴山广场是两个平行宇宙的虫洞，相见即再见，连给他朋友圈点个赞都是多余。

伍尔夫说："对于男性心理这样一个危险而又诱人的话题，我希望，还是等你们每年能拥有自己的五百英镑的时候，再去做一番考量。"对此我的理解是：手头不够宽松的女人，即便是看上去在谈男人，她其实谈的还是钱——这个小哥有钱，那个小哥房子两套等，无法对男性进行认真纯粹的探讨。所以当时我唯一能判断的只能是：小哥的脸，真好看，这太显而易见。

我关了灯。月光下青色的釉面上见一道恰到好处的裂纹，矫健抖擞蜿蜒而下，直插入碗底，更显得和房间格格不入。我第一次想要一间属于自己的房间，不但可以上锁，还可以装修，还要带产权——为了配上这只好看的碗。

从那天起，一个人从不孤单的我，开始感觉到孤单。

三

网上盛传一张"孤单指数表"，从"一个人吃饭"到"一个人看电影"，再到"一个人做手术"，共十级。我是十一级，我一个人在医院做完手术，右手插着留置针挂水，左手吃盒饭。

一个人住第一年时，哪怕一个人看电影都要矫情一下；到第五年，我只觉得一个人看医生没有人打扰，很轻松。

一直不明白"探病"这种礼节缘何而来，生病已经很辛苦了，还要在病床上蜡黄着脸病恹恹地应付客人。做手术的事情我也没有告诉父母，如果告诉他们，他们会很着急，他们的着急对我的康复没有帮助。万一他们想来看我，我还要分心告诉他们怎么坐车，怎么订旅馆，怎么认到医院的路，还要躺在床上跟他们聊天，啊，这一切真是太辛苦。

本来我可以谁都不告诉，但这次的手术要全身麻醉，全麻醒来的几个小时需要有人看护，这家医院的护工又特别短缺，我约不到，只好告诉一个朋友这个状况，请她在上午 10 点到下午 2 点之间陪我从麻醉中醒来。

早上 8 点，护士过来送我去手术室。我突然意识到一个大问题，问她："您可以帮我收一下钱包和手机吗？这边衣柜没有锁。"护士姐姐一脸愕然："你没有家人在这里吗？"我小声说："没有。"

"不可以，术后几个小时一定要有人陪，术后你不能一个人上厕所。"护士说。

"昨天医生说做完大概 9 点半，所以我约人 10 点来陪我……"我的回答毫无底气。

护士一脸好气又好笑的表情看着我，收走我的钱包和手机，交给一个围观的实习生。很多年后我回忆当时，完全不觉得孤独或是凄惨，我很高兴没有其他人要应付，应付"自己"终究是件比较容易的事。

我爬上小车，躺平，视线范围内只有日光灯一盏一盏向后飞去，第一次对时光流逝有了具象感受。然后是电梯，然后又是一盏盏日光灯。很快进了手术室，看到电视剧里才见过的无影灯。然后一个大面罩呼了上来。左手被插了管子。我很快睡去。

等我醒来，迷迷糊糊地感受到有人把我从小车往病床上搬。再次醒来，我才知道手术提前半个小时顺利完成，我同学堵在路上要晚半个小时到。这一个小时里，我插满管子、各种输液，神志不清地吵着实习医生要手机。

我尝试举起输液瓶，很神奇地发现我可以控制肩膀，却不能控制手指；可以控制大腿，却不能控制脚底。躯干的麻药已经代谢，四肢末端的麻药还有效用，这是灵肉分离的逼真体验。身体越是无力，头脑越是清醒。

现在，我有独立的卫生间。在这间病房里，我不用工作，不用见人；没有电视，也没有电脑；我不必熬夜，必然不会晚起；不会暴饮暴食，也不会忘了吃饭。我一下子多了许多许多时间，我可以听着窗外的雨、闹市的喧嚣，一页一页翻一本许久不看的书。

这是一间属于自己的房间。
是空间，也是时间。

美院小哥说："放空是最好的时光。洗澡的时候总能灵感一闪。如果你要更多放空，请去度假，而不是旅游。如果不能度假，生一场无伤大雅的病也不错。"

我在病房里疯狂按赞。不知道他还会不会记得我，那夜把唐风认作平安风的笨蛋。

四

一旦愉快接受了"一个人大战几百只小强"，或是"一个人做全麻手术"，那么其他次级别的"一个人做××"都不在话下。

"钱塘江的江景房怎样？"中介问我。

幸亏有医保，手术的钱不至于太伤筋动骨。30平方米，50万元，我只买得起一间二手房。可以上锁，可以拆了重新装修，也可以把集体户口迁进来，公积金完全覆盖房贷，不影响可支配收入，不影响生活质量。

住进来后我才发现被骗了。

江那边的房子才好，江这边的房子，一到冬天，整日吹着西伯利亚的季风，冷气夹着水汽，湿漉漉填满一间房。

然而无论如何这都是我自己的房子。我可以在墙上刻字、钉钉子，不用担心房东多嘴，我可以在全新的地板上滚来滚去，用各种姿势听潮水的声音。米色的墙，墨绿色的桌椅，近视眼看不清细格子桌布的花纹，只是笼统觉得它们很搭。虽然依然没有一样东西搭我的泡面碗。

一个人住最大的乐趣在于"自在"。不上班的日子可以睡到天荒地老，不用担心有人在 7 点钟就喊："太阳晒到屁股啦，9 点啦！"可以不洗头不化妆，打开冰箱烤两片吐司煎个鸡蛋，或是趿着拖鞋去小区门口吃一碗热乎乎的小馄饨，撒上满满的葱花，顺便取昨晚到的快递。

晚上回家很讨厌开黑漆漆的灯。就给灯安装手机 App 遥控的开关，下班时就打开，好像有人在牵挂。

我开始零零碎碎买东西，一发不可收拾。成套的杯子、不成套的碗、咖啡壶、小烤箱、吐司炉、煮蛋器、巧克力火锅、酸奶机，一箱一箱的打折书、永远写不完的笔记本、整套绘画工具、拍立得相机……房子是欲望的收纳袋，能把心底任何一点点小小的矫情肆意放大。不怕搬家就不怕剁手。

东西越多，人越宅。

一个人在屋子里待着，想干什么就干什么，画地为牢式的愉快。有时候也会觉得这样不好，单身太久也会想要谈恋爱，也会强迫自己出去逛逛街、看看电影，去周围的景区走一走，然后就发现：上班已经很辛苦了，大好的青春，悠闲的双休日，为什么不放过自己，在家里泡一杯好茶安安静静追个剧看本书呢？

等与同事合买的"全球十大泡面"组合包到货后，我终于第一次用那个碗泡面，配下班路上买的凉拌海带丝。我才发现我有各种小可爱的、冷淡的、现代感的盘子，却没有一个碟子搭这个碗。

此刻，距离我买它已有一年。

周末我再一次在秋风里逛夜市。好不容易找到美院小哥的摊位，却是一个阿姨在卖毛绒拖鞋。我一边挑拖鞋，一边问阿姨："我以前在这里见过一个卖陶器的摊主，他还在吗？"

阿姨指着远处摊位说："那个卖碗的不是？"

我付了钱，跑去奶茶店要一杯热茶。玻璃门边映着反光，我理了理头发，解开围巾结，重新打了一个，又觉得不好，又拆了重打。我想着要跟他说些什么，又翻出手机看他最近发了什么东西，手握着塑料杯，茶一点点变凉。

他头发短了，还是卷发，还是那么漂亮。

"这碟子怎么卖？"我问。

"杯子 50，碟子 30。快收摊了，买得多打折！"

"这两个一对儿买，可以便宜点吗？"我问。

"你眼光真好。这两个是我女朋友做的，我做不了主，别的都行。"他说。

我仔仔细细挑了一堆，心想，反正我不会搬家了。

橘色的路灯突然暗了。他点起充电台灯，抱歉似的说："夜市打烊了，没事儿，你慢慢挑。"

"喏，就这些。"我抱过一堆小瓶子小碟子。

他一边用报纸一个个包起来，一边问："那俩碟子还要吗？"

"不要了。"我说。

"你买这么多，我给你打折，碟子买一送一。"

"不要了。"我说，"不喜欢了。"

五

有人说房间里的杂物有生命，像藤蔓，从地里长出来，长进柜子，长到天花板，见缝插针，触须占领每一个角落，根系扎入每一寸地板。书柜边角一不留神掉下来一卷簇新的丝袜，那是藤蔓结的果，豆荚成熟了，啪的一声爆出来。刚搬进来的房间是一览无余的稀疏草原，住了大半年，又变成闹哄哄的热带雨林。

买一样东西，就要记得它在哪儿；养一只猫，就要照顾它一二十年。活得越多，牵挂越多；牵挂越多，人越累。那些当初欢天喜地买下的瓶瓶罐罐、小杯垫小抱枕小摆件，恍如刚工作时学着穿职业装买的衣服，既丑又没底气，还不适合自己，就一气之下扔了好多。只是扔再多，也回不到草原的干净了。

房价一直在涨。

男孩子买房往往算刚需，女孩子买房多是理财手段。作为理财手段，30平方米的小屋子太亏了，不如转手换一个大房子。这世道越是借钱花才越不亏钱，跟银行算账，能多借几万是几万。

我换了房。一年内买进卖出，赚得竟比上班还多，让我少了些许上班的动力。只是唯一买得起的新房在杭州旅游地图上看不到的地方，离夜市很远很远。

我踩着烂泥地跋涉出小区，再穿越一片风味浓郁的有机菜地，跑到路口在驰骋的大卡车间找当地农民开的突突车，载我去最近的公交站。

即便如此，拿到钥匙的一刹那，我只觉得一定要好好上班，一定要好好还房贷，一定要像供养神像一样虔诚地添上油灯烛香。

一个人住第七年。

我很正常地睡醒。一起身，头晕目眩。我没办法支起我的上半身，否则就要晕倒。于是脑袋贴着床，像蛇一样一点一点溜下来，在冷冰冰的地上爬。我的手机在书桌上，我艰难地爬向书桌，每爬一尺就要躺下来翻个面歇一歇。终于，我爬到了桌子脚下，依然没办法支起身体，只能伸着手以古怪的姿势去捞手机。手机砸到鼻子上，好疼，而且手机没电。

虽然事后证明这只是一种严重低血糖，一块甜巧克力就可以解决的症状，但这场小小的风波依然让我心有余悸。如果是什么需要急救的严重病症呢？岂不是留遗言的机会都不给？一想到死后几天才能被人发现的惨状，我重新审视了一辈子一个人单身到老的可行性。

最后的处理方式是找之前的装修公司，安装紧急救助按钮。

新家的陈设布置都换了。我自己的房间，可以上锁，不会死人，完美。那个泡面碗，从未和我之前的房子契合过，如今摆在空荡荡的客厅，竟意外地和谐。

30 平方米的房子太挤，它只适合待在空荡荡的屋子里，和所有东西保持距离，生性孤单。

30 公里外的夜市太远，我再也不想去。

醉　　话

你这儿有酒吗？

没事儿，行李不重，没多少东西，我自己拿就行了。刚下飞机，可累死我了，待会儿征用你洗头洗脸的东西和面霜，晚上就睡你这儿了，睡三天吧。废话，我知道你放假才来的。咱们有几年没见了吧，我先去洗个澡，然后好好聊一聊。

又是伏特加和橙汁。你酒品还是那么差，怎么不干脆端上来医用酒精和芬达啊？百香果留下，别的拿回去。这是什么？嗯，甜死，齁人。我是喜欢梅子酒，可我喜欢的是你家里做的，不是日本的梅子酒。欸欸，韩国的也一样。你这可怜孩子，是不是日子过得太苦了，酒就要甜了？这冷牛肉好吃，我爱吃辣。我偷偷带了点鸭脖子过来，在美国你就不要指望周黑鸭啦，有这就不错了。

跟你说，我分手了。

你想听吗？想听我就讲。我的事你更新到哪儿了？好，那我接着讲。反正你明儿不上班，我倒时差清醒得很。你试试梅子酒放冰，搁一会儿冰，就没那么甜了。

一

我们是大学里认识的。我这辈子再也没见过这么讨人喜欢的小伙子了。他大概把人生的技能点都点在追姑娘上了。他给我接连不断送了半年早餐，占了半年图书馆的座儿，排队买了半年的校园牛奶奶盖，陪我吃了半年辣……总之，你找不出比他更殷勤的人。我化妆，他说我化妆好看；我素颜，他说我素颜清爽。我考好了，他说最喜欢聪明的女孩子；我挂科了，他说我笨笨的很可爱。我就挂了一科。对对，就是那个老师，人不错，下手忒狠了。

他说女人生来是被疼爱的，他的职责是守护我一生的快乐——浪漫不浪漫？他比我高一级，毕业后被公司派到两千公里外的分公司工作三个月。每个周末他都搭飞机回来看我。那时候工资少，都花在机票上了。看起来他并不觉得这样往返辛苦，他乐在其中，乐此不疲，乐不思蜀。

我？我也很快乐。那时候不知道什么是爱情，以为全天下的女人谈恋爱都是这样的，齁甜齁甜的。你喝酒，别吃梅子，这酒是甜的，梅子都泡没味儿了。

你这个问题不是废话吗？我当然喜欢他，非常喜欢。喜欢他什么？喜欢他喜欢我。要是我们两个人都这么想的话，就能用爱发电做成永动机拯救世界。

不过我们的喜欢不太一样，他对我的爱是看得见摸得着的：他说我很美——这当然是谎话啦；说我性格好——才怪；说我真诚又勇敢——像是动画片女主角人设；说我念书很认真——说得我都快信了……总之，他的爱是金字塔，要论爱的固若金汤，他有很多个支撑面。他自知他的爱合情合理。

我的爱呢？我的爱是吊脚楼，建筑在他的爱之上。没错，金字塔上的吊脚楼。支撑我爱他的理由就只有"他对我好"。你遇到过这样的姑娘吗？一问起来男朋友这人怎么样，开头一句话就是"他对我很好"。对呀，太多啦。这样的姑娘谈恋爱其实都是"被动的"，像我一样，我们对男人的爱基于男人对我们的爱。

不不，没有出轨，没有对不起我，我最讨厌你这种阴谋论者。你耐心点儿听我讲嘛。再给我一杯，谢谢，甜丝丝的，真好喝，不像有这个度数。

后来我想，如果他不爱我，而只是以路人姿势从我的世界路过，我大概是不会喜欢他的。他朴素、可爱，又认真，但不是我喜欢的型儿，我可能更喜欢骚气一点儿的，会浪的。哈哈，对对！

那时候我还没搞清楚状况，不过我后来慢慢分析起来，是这样的：他对我没有吸引力。我对他的爱，要从他对我的爱中摄取。我不断地使唤他做牛做马，不断无理取闹，作天作地才能维系我对他的爱。他还是一样甘之如饴，可是也越来越疲惫了。我能看到他的疲惫，可我无法控制自己不折腾。

你知道绞杀树吗？我们以前在植物园看到过的，你说像拔丝苹果，我说像网纱巧克力。一开始是柔嫩的小苗，一点点插入树皮，叶子往上攀爬，根往地下长，然后藤蔓裹住整棵油棕，那棵油棕慢慢枯死、腐化，最后消失。外面的藤蔓就长成网一样的绞杀树。

寄生情人？也可以这么说吧。我对他的感情寄生在他对我的感情上。总有一天我会榨干他的。越是这样想，越提醒自己对他好一点，事后就觉得自己吃了亏，莫名发脾气来找补。不是觉得亏了他就是觉得亏了自己，那段时间真是太糟糕了。年轻的时候不仅不会谈恋爱，还分不清该不该与人谈恋爱。

没关系，我喝得很慢。

那时候我在想：爱情，源于什么？

女性"性自主"开始被提出来了，"爱自主"还是没人提。我们看到的故事，总说英雄救美，美女就会爱上英雄。或是公主被王子选中，就爱上了王子。电视剧和小说里的很多女主角啊，总是没长脑子似的，别人努力追一追就会感动，一感动就会爱上。明明女主看不上的人，男主三番五次感动女主，女主是不长脑子吗？

话说起来，的确长脑子的是少数啊。

女人的爱总被描述成"被动"的拉线开关，你拉一下，灯才会点亮。我们鼓励锲而不舍的小伙子，欣赏矜持端庄的姑娘。可是爱情不是感动和报恩，也不是责任和义务，至少，在我这儿不是。如果我没有爱上你，你对我的好，最终都是我的负担。

爱情应该源于吸引力，吸引力源源不断地散发出来，让我挪不开视线和脚步。我想主动一点儿。你不是很主动吗？哈哈哈，那倒是，也蛮丢脸，那时候我真嫌你丢人啊，十里八村都知道你王小姐看到帅哥赶着上又被人秒拒。不许动手！君子动口不动手！不许咬人！

不过后来我想：为什么女人主动追求男人是羞耻的？表白失败又是丢脸的？这种事情发生在男人身上，也没什么吧。何止是"没什么"，更是"锲而不舍""勇气可嘉"呢。

好好，接着说我自己。不不，是"我"跟他分手。我妈为这事儿骂死我。所有人都骂我，觉得我再也找不到这样对我好的男人了。这话没说错，我信。可是，我也不图别人对我好呀。

南投那次地震你赶上了吗？当时我们在十楼，晃得可厉害了。我知道我知道，地震都是这样的。晃得厉害是因为防震做得好，能这样晃得起来的楼才不会塌。可当时我们是游客，还不知道这个。他想都没想扑在我身上。那时候我就想，要么一起死，要么一起活，可千万别让我欠他一条命。

你还记得我发给你的汶川地震时的一个故事吗？一个女孩儿和她的男朋友被压在底下了，都暂时活着。救援队来了，男孩自己被压着，说："先救我女朋友。"那边一边开千斤顶，他一边说："等你出来了我就娶你，你残疾了我也娶你，你一定活着。"后来两个人都出来了，几年后有人再去追这个事儿，发现两人分手了。

一开始我特别不理解，这都不结婚，你还信不信爱情了？可是现在我特别懂啊，爱情这种东西，跟你救不救我，没有关系。不是你把命给我，我就能爱上你的——爱，是不由自主，是情不自禁。能控制的都不叫爱情。

分手的时候，他瘫倒在地板上，脸埋在我的床边，哭得上气不接下气。我差一点就狠不下心来。我心疼他可怜他尊重他，就是不爱他。

虽然是我分的手，可我哭得比他还凶。我妈说："你这么难过就找他复合啊？"我哭着说："不行，一定要分手。复合了下次也得分。"

我妈就是这样的女人，我爸宠了她一辈子，她到现在做饭也不会，交物业费都不知道物业的大门从哪边开。我爸乐得伺候，她乐得使唤。她觉得女孩子嘛，要嫁就嫁一个喜欢你的人，舒舒服服地，脑子有病才跑去给人做牛做马。

我觉得很对不起他，如果能用钱补偿就好了，如果一开始就拒绝他就好了。分手后我气得大吃大喝好一阵子，胖了 20 斤，再也没瘦下去过。我现在 130 斤了，你看看我这肉。早知道我不该喝酒的。可我就是找你来喝酒的，唉，我已经有点醉了。

他真是个完美的男朋友。欸，你要不要？我介绍给你吧。你别这样，这不好笑。这只会让我难过。不过再难过的事情时间久了，就算不会忘记，也不会让人太痛苦，现在我已经好多了。

才不是！这是三年前的事了。你听我讲嘛。

你很急吗？我拉箱里还有一包杏仁一袋辣条，你帮忙拿出来吧。对对。辣条味道一般，不过杏仁很香脆。这是什么？你不早说，我喜欢苹果啤酒。没关系，我不怕胖。

二

后来我换了工作，也换了城市。倒不是刻意为了避开他，只是凑巧。我是个好人嘛，好人的内心总会比较煎熬，总觉得对不起他。陌生的城市让我心情放松不少。你知道的，我从来不是恋乡的人，出来的时候就想着这辈子可别回去。死？等我死了就烧成灰，抽水马桶冲掉。

这是你种的薄荷吗？真壮实，可以吃吗？你有柠檬吗？趁我没醉，给你调一杯 Mojito 的吧。不要紧的，伏特加加雪碧也可以。不要教条主义嘛。

那个日本梅酒，真的太甜，刚才不觉得，现在吃了东西，嘴巴里味道多了，就很嫌弃。想要清爽一点的味道。颜色真好看，喏，给你。

嗯，是后来那个他教我的。他是我一个同事，很懂酒，不过喝得不多。他不像你，不是酒鬼。哎呀呀，你怎么又打人？我没说你酒鬼，好啦好啦，要洒出来了。淡吗？你用筷子把柠檬和薄荷戳碎，味道会重一点。

他很好看，有着长长的睫毛，看到他的第一眼，我就想，那么好看的睫毛长在男生身上真是浪费。当时我刚刚换工作，他负责带我。真的是很细心啊，连诸如"明天开始开空调，记得多带一件外套"这样的事情都会提醒我。工作上他很厉害，开会的时候，几个大佬坐在那儿听他讲方案，讲一下午。他工作起来像埋头吃饭的小狗，特别认真，谁都打扰不到他。啊，男人认真的时候，可真吸引人。

你没看过他提交的文档，表格绝不会有算错的，文档连一个标点符号都不会错。整洁漂亮，看着都很享受。跟强力的人一起工作，真是件快乐的事情。后来我变得很期待上班，你能想象吗？我周一早上是笑着醒来的，我想着好开心呀，一想到要上班就精神百倍。我还以为自己找对了工作，有多上进呢。有几天他出差了，我就完全没有这个念头，那时候我发现，我可能是喜欢上他了。

喜欢一个人的感觉真好。即使是什么都不做，只是偷偷在那边暗中观察，心情也是欢欣鼓舞的。看到他就开心，跟他说一句话也开心。有一次我看到他在网上订花，他在工作群里把订花的网站分享出来，是花店预约的鲜花。他说因为一个人住，上下班时间不稳定，去买花，花店总是关门了，所以只好让花店每周一次去换新鲜的。你说，家里摆满鲜花的男孩子是不是很特别？

没有没有，那时候他真的单身，我确定。

后来我就一直关注他。他说的话我都在意听，他喜欢吃鱼，吃蔬菜喜欢吃芦笋，周三公司食堂吃咖喱鸡，他就会跑出去自己吃，所以……就是讨厌咖喱鸡。周一他一定会迟到，我就帮他在楼下拿早餐，放到离我的笔记本电脑排风口几厘米远的地方，这样等他来了还是热的。

能给我一个靠垫儿吗？地上坐久了屁股痛。这个吧？谢谢。

说真的，我从来没有花这么多心思在一个男人身上。这时我才知道什么是快乐。他给我一个微笑，我就像大雪天半夜加班回家，洗完热水澡吹着暖气吃热乎乎的红豆年糕那么快乐。

他每天给我很多个微笑。他还会帮我倒咖啡。他喜欢看欧洲电影，喜欢玩桌游，我说我也有兴趣啊，他就周末带我出去玩儿。工作上还很照顾我。对，这样的生活我就非常开心了，觉得人生太美好。后来他跟我表白的时候，我已经晕晕乎乎的了。

你不许嘲笑我。你也有过这种傻兮兮的时候。别打我，别闹，我的酒要洒了。你真是！再给我一杯吧，给我纸巾，还好没弄到衣服上，这睡裙的料子很怕酒精。

从他身上得到的快乐，比任何前男友身上得到的都多。

那种躺着就得来的快乐，应该叫——舒服，那不是快乐，快乐是要付出才能得到的。越持久的快乐，你付出得越多。打个比方，你读一套高等数学，啃完，受益终身，但你吃一块芝士蛋糕，基本就只有吃的时候快乐，最多吃完一个小时内身心饱足，你的快乐持续不了太久。

我爱他，我注意他愈久，付出得愈多，我的快乐也愈多。我注意到，每次我对他说"我爱你"的时候，他的回复是"我也是"。我没有一次听他说"我爱你"。他说得最多的是"我喜欢你"，其次就是"我也是"。有一天我突然回过神儿来了——"我也是"不就是那种被动的爱吗？果然因果循环，报应不爽。

可是我不能克制自己对他的爱。不久他出差到广州——他总是出差，没完没了地出差……

没有没有。啊，你这人真是龌龊！怎么总是想着劈腿呢！他虽然会玩，却是个堂堂正正的人。我不生气，我，哎，你别插嘴，我接着讲。

他总是出差，没完没了地出差。有一次要外驻三周，我就飞到广州去看他。在宾馆里，没错。什么叫"他得到我了"？明明是"我得到他了"！这位同学，你犯了很严重的性别歧视，你把我——这个陈述者的主观感受客体化了。

不仅仅是你，其实所有人都是这么想的。我一个朋友说他好福气，说我"千里送×"，当然她是开玩笑的。可是这也太难听了。不，这不难听。这为什么会让人"觉得难听"，倒是一个好问题。我不觉得我亏了啊。为什么不是我赚到了呢？如果是和男神谈恋爱睡一睡，你情我愿的，谁亏了谁啊？我是成年人，我知道我在做什么。说到底，还是没有把女人当主体，说得像女人没有欲望和需求似的。

是，那段时间我们过得很快乐。比上一段恋爱快乐多了。在你没有经历100分的快乐时，你会以为50分的快乐就是满分了。其实不是的。我回忆起来，100分就是100分，50分就是50分，不掺一点儿滤镜。是，我那时候快乐得不得了，睁眼闭眼都是他，一想到他就不由自主地笑。

欸欸，什么叫骗我上床？你怎么区别"骗"和"不骗"？为什么不说我骗他呢？如果是互相骗，彼此满意，平等互惠，又有什么不好吗？你怎么跟我妈一个口气？

当时我顺便回了趟老家。我妈是很义愤填膺的，还给我讲了一个佛和蜘蛛的鸡汤：一只蜘蛛在佛前等了三千年，等一个她爱的人出现。可是那个人出现后并没有爱上她。蜘蛛很委屈，去问佛为何三千年没有结果，佛说："你有没有看过台阶下的一株杂草？那株草等你的回眸等了四千年。"蜘蛛从此大彻大悟，投胎后和那株杂草的转世结为夫妇。

什么狗屁故事！凭什么那株草等到了想要的人，蜘蛛只能退而求其次？是少了一千年的等待吗？要是我就再等一千年，也要把我想要的人等到手。

我妈说我傻。不过我不在乎。我知道怎么保护自己，也知道怎么享受他人。我只要我想要的。

不过，就算这样，他依旧没有主动说"我爱你"。我回到上海后，又过了几个月，他突然说分手。没有任何征兆——当然，也可能是因为我太快乐了导致很迟钝。当时是很难过，如果你当时看到我，大概会被吓坏。

我跟自己说，我爱他，跟他没关系。我并不是和他谈恋爱，我是在和自己谈恋爱。所以这样的分手会更让人耿耿于怀，我对他的爱并不因为他对我的爱的消逝而消逝，我对他的爱，永远在我心里。

忘记？没有。这辈子都不可能忘记的。你爱过一个人吗？你现在想起那个人是什么样的感觉？看！看！你脸红了，你到今天还会脸红！甚至我提到他所在的城市你还会心动，是不是？我偏说，我偏说南京！我偏说南大！你敢说你忘记了？你在心里开了一个杂物间，把他收拾妥当，封存起来了。你心里永远会为他留一个角落。他永远在我这里，在这里，你摸摸看，只要这里还在跳，这里就永远有他。

所以说，人生还是得认命。有些人你竭尽全力也追不到。学会把得不到的人密封收藏，学会和不想要的人说再见——大概就是这几年我学到的最有用的技巧了吧。

难过？刚开始是难过的。当然现在已经不难过了。有些人你跟他打个照面就此生不虚了，更何况谈一场恋爱呢？和他谈恋爱的日子里，有快乐，也有难过，甚至有悲伤和绝望，但大多数时间里还是美滋滋的。

回忆起来，这两段感情，总觉得后面这段更有滋味。前一个像是吃了一顿丰盛的啤酒烤肉。后一个像是痛痛快快跑了十公里。然后拉筋拉了半小时。然后去泡室外温泉，还叫了一杯清酒。然后爬出来吃一顿丰盛的啤酒烤肉。就是这么爽。

你说过追星的时候爽的是粉丝不是明星吧，这种不求回报的付出让人快乐。你也追过男明星，没关系，你的黑历史我都知道，这儿就我们两人。你当时可真疯啊，勒紧裤腰带买演唱会 VIP，我后来再也没见到你这种快乐。

这么说来，先前很爱我的那个男友也是如此吧。他应该也能从中回忆到快乐吧。这样一想，愧疚感就减轻了不少。他鞍前马后地追我，可开心的是他。他才不吃亏。

现在看来，整天在家里颐指气使的妈妈并不是最开心的，忙进忙出的爸爸才是赢家吧。其实我不喜欢这种模式，一头强一头弱的，更像将军和士兵，不像爱人。如果是双赢就更好了。爱的永动机！不知道我这辈子有没有运气遇到呢？

喂喂，你睡着了吗？你怎么喝得比我还多？真是的！起来，不要这样，去刷牙！你这样睡地上脏死了！

有趣的灵魂 200 斤

90 斤

小北不是一开始就 200 斤的，小北也有过白衣飘飘的年代。那时小北 14 岁，身高一米七，细条儿四肢，像是营养不良。总有过分热络的亲戚，拉着她母亲的手说："你当妈的也给她吃好一点，怎么养得这样瘦？"

她的母亲是个矮壮妇人，笑盈盈地剖白冤屈："我哪里没有给她吃好的？鱼肉一样喂着，一顿能吃四两饭，就是只长高不长胖，我有什么办法？再这么下去门都要重做了。"

小北从餐桌上抬起头来，笑嘻嘻看着母亲，送下满满一口饭。粳米的清香，淀粉的微甜，软润的口感，十分满足。

"每天像个野人一样跑来跑去，哪里吃得胖？"母亲说。

小北是学校田径队队员，擅长 5000 米和跳高，每天绕着操场跑。她成绩不错，去市里比赛能拿前五。如果她愿意，倒是可以上体校。

她学习还行，班级前十，无论家长还是她自己，都舍不得放下学业去从事前途渺茫的体育。

母亲一直希望她放弃训练，专心学习，考个全校第一，曾跑到学校要求学校禁止她参加校队。她也曾离队了两个月。一个每天运动量极大的女孩，突然只能做广播操，心理和生理都激起了严重的戒断反应。看着飞速下降的成绩，母亲让步。她又回到田径队。

没几天，她自己又退了出来。她来例假了。

"例假来了肚子痛，胸也痛，七痛八痛的就不想动了。"小北是这么跟母亲说的。

最重要的原因小北没说：有男生围着跑道盯着看她的胸，看她跑步就发笑，汗水打湿了运动服也要笑。她先前不明白有什么好笑的，后来知道是看她日渐发育的胸，看她运动服湿透后显山露水的内衣肩带。总之，她再也不愿去了。发育是件令她羞耻的事。

120 斤

小北考上了不错的高中。越是好高中，课余活动越是丰富——至少在我们那儿是这样。她参加了健美操队，室内训练，而且一个练功房里都是女孩子。

发育后的她褪去豆芽菜身形，练出笔直修长的腿，浑圆紧翘的臀，那是 16 岁女孩最健康诱人的美。同学走过路过不小心碰到她，会发出惊呼："好痛！"那一身腱子肉，坚硬如铁。她体重大体积小，没人能看出有 120 斤。

当年还没有"翘臀"这个审美概念，她被迫"美而不自知"，只是烦恼屁股太大买不到牛仔裤,每每在试裤子时卡在大腿根部。鲜明的臀是多么突兀,多么让人尴尬。

开始有男孩子悄悄给她写情书,无非是小杂志上抄的句子,青涩的浮夸。她渐渐意识到,自己是被人喜欢着的,自己是有魅力的。

150 斤

高三毕业收到通知书以后,大学入学以前,大概是人生中最美妙的一段日子。生活充满了希望,她知道现在是美妙的,将来更美妙。像三四月的春风拂过脸,穿过头发,她兴致勃勃地期待着未来。

唯一遗憾的是体重。

高二以后,她被健美操队刷下来,跳健美操可以拿奖,拿奖有加分,她隐约知道一点。不练就不练吧,专心忙高考。运动惯了的人,一下子停下来,像大热天的发面团子,以肉眼可见的速度膨胀起来。

最初只是觉得衣服紧了,然后是裤子,然后去体育馆的健身秤上一站,体重没添多少呀,人怎么胖得这么厉害?语文课上做字词基础练习,讲题讲到"大腹便便",全班人都笑了起来,一齐望着她。

他们笑,她也笑。

她已经荣升全班第二胖的人。最胖的那个是男生。女生的胖素来比男生醒目得多,她理当原宥这点。

"你少吃点,女孩子这么胖,走出去多难看。"终于有一天,母亲也这么说了。她第一次意识到自己是"难看"的,胖到了难看的地步。母亲当然非常爱她,爱她才会说这句话。

180斤

无论前途是否光明，道路总是曲折的。大一的她有了一点点花钱的自由，心宽体胖，变本加厉。在没有淘宝的年代，她只能满大街找"大码服装"，普通服装城的女店员看都不会看她一眼。所有的女模特都窈窕得能看到骨架，（在《魔兽世界》出现之前）所有的公主都有纤细的腰肢。

她在大学的 BBS 上认识了一个男孩子，加了 QQ，聊得很投机。她依稀记得自己小时候也是话篓子，一度活泼到惹人厌，但高二以后渐渐沉默。唯有上网的时候，依旧保留谈笑风生的天性，活脱脱换了一个人。

某天男生发了一张自己春游的照片给她。她心里一紧。果然对方故作无意地问她有没有照片。她手忙脚乱地发了一张高中最美的照片过去，一时心头小鹿乱撞。

对大二的女孩子而言，有男友多多少少是一件令人期待的事情，尤其是整个大一都被男生忽略的女生。

好在两个人虽然是同一所大学，却在不同的校区，中间隔了一座城。大家课程都很紧，她又再三推托，终于把男生暂时稳住。减肥就这样被提上了议程。

要快速减肥，必须心狠手辣。从网上各种千奇百怪的减肥法里挑最烈的下手。那时候《瘦身男女》电影上线，吃蛔虫都不在话下，其他更是毛毛雨。

她先花了一周的时间，只吃苹果。吃到眼冒金星，嘴里吐黄水儿。一周就轻了五斤，从此再也闻不得苹果味儿。又买减肥茶，喝得失眠口渴，心跳得厉害，一趟一趟上厕所。吃不好睡不好，再去跑步，跑着跑着摔了一跤，一膝盖的土嵌进皮肉里。

　　校医院的护士给她刷伤口里的泥沙，她疼得直哭，却还有心思想着肉要是能这么削掉就好了。当年还没断臂的维纳斯就是刀劈斧凿削出来的。

　　荷尔蒙的力量是伟大的，她从不知道自己竟有如此的决心和毅力。

　　从此每次出校门，路过荡漾着食物香味的美食街，她都觉得自己是穿越人鱼阵的船夫——呲呲叫的烤香肠、金黄酥脆的炸鸡柳、白胖柔软的奶酪包、撒满坚果的冰淇淋……一个个散发着致命的诱惑，蠢蠢欲动，虎视眈眈。她目不斜视，快步走过，绝不敢停留半分。

　　一个月后，体重秤的指针停留在 66 千克。

　　最终还是见面了。她穿了最好的衣服，鞋是新买的，里面磨脚磨得一层血；围巾是跟室友借的，戴着太热了，但很衬她肤色；头发是一大早起床特地吹的造型，粉底是超市买的廉价货，但她五分钟前在洗手间补了又补，是均匀透亮的。她觉得自己这一身已经无可挑剔，已经做到最好。

　　看到男生后，她心中的石头终于落了地——这男生绝对比她胖，比照片胖多了。哈哈，这真是太好了！

　　男生微笑着跟她打招呼，和她一起去看了话剧，看完剧一起吃了晚饭，还很绅士地刷了卡，吃完饭上了校车，跟她挥挥手说再见。他的表现无可指摘。她紧张而快乐，按捺着雀跃，眼睛里都是光芒。

这是她最后一次和这位男生见面。

之后，对方就冷了下来，发消息给他也会回复，但寥寥几句，总是很忙的样子，再也没有主动发 QQ，也不打电话。她陷入不知所措的恐慌中，最后决定死也要死个明白，辗转托人去打探。

探子的线报是："他说，跟照片长得根本不一样，很胖。"论理他也算实话实说，并非存心诋毁；他也不知道这话会传到小北耳中，算不上不绅士。一个人对异性有私密的审美偏好，是正常不过的事。他依然无可指摘。小北生气，也是无可指摘。

她立即去吃了一个椭圆形的芝士蛋糕，一口下去，满足。又去买了半个烧鸡，撕着吃完觉得有点咸，去买了一杯奶茶，接着是雪糕、鸭架子、可乐、山楂干，总之，吃了甜的吃咸的，吃完干的喝湿的。她觉得这一个月来所吃的苦，真是太不值了，不把身上的肉加回来，不足以平息这屈辱。

刚结束考试的人最容易颓，刚瘦下来的人最容易胖。这份一发不可收拾的自我报复，加上理所当然的自我补偿，以及人类源自基因的对热量的渴望，三管齐下。等她回过神来，已经超过她认识男生时的体重了。

可是"我失恋了"，当然有理由多吃一点安慰心情。就这样迅速反弹到了 180 斤。

200 斤

只要饮食习惯和运动量稳定，体重也是稳定的。小北该吃吃该睡睡，面色红润，皮肤细腻，稳定在 180 斤，稳定到大学毕业。

不过人一上班，就身不由己。何止身，心都不由己。

有些人用体力吃饭，有些人用脑力吃饭。小北的工作靠注意力吃饭，不算伤脑，但不能分神。一上班脑子就高速运转，多线程作业，生人勿近。她养成了一到公司就把刘海撩起来的习惯，美其名曰"给CPU散热"。

四平八稳地工作了几年，她升职了。

升职的理由很奇葩：和她竞争这个位子的女同事能力还比她好一些，人也美，窈窕生姿。这岗位的直接上司是个为人极其正派的中年男性，办事妥当，对人宽和。问题就出在正派上，他怕提拔了未婚的漂亮女同事，给人以口实，安全起见，选择提拔小北。

有人因为未婚漂亮被潜规则，有人因为未婚漂亮被反潜规则，总之，男上司眼里女下属千千万，只要有个"女"字，情况就不得不复杂一点。上司正派，这是小北之幸，却也是漂亮女同事之不幸。

漂亮女同事一气之下辞职了。小北少了个得力助手，事更多了，人也更忙了。她还读在职硕士，还要准备参加行业竞赛，还要考证，这一切都需要分配大量的精力。

耗体力的工作会"忙得人都累瘦了"，耗精力的工作则是一忙就胖。

人忙的时候，脑子里只能放一件事：工作。这时候肚子咕咕叫，口水哗哗流，脑子里冒出各种小火锅小甜点，非常影响工作效率。小北不得不用食物把自己填满，把对食物的注意力转让出来，让工作时有个清净的大脑。

就这样，工作压力聚集在皮囊里，从脸上鼓出来，从手臂上鼓出来，从腋下的副乳中鼓出来，四处撒气——典型的"过劳肥"。

隐隐约约，她听到别的部门的人称呼她"那个胖子"，这是中性用词。有过节儿的，则叫她"死胖子"，更难听的是"肥婆"和"猪头"，同事都是有教养的，所以这种称呼只能在卫生间的隔间里听到。

她还在半夜的休息室里听到有教养的同事发表感慨："怎么吃到这么胖""怎么嫁得出去"以及"要是我宁可死了算了"。彼时她正蜷在角落的沙发背后睡觉，偷听别人说话是不礼貌的，即便是无意的，所以她听到后还小心把脚收了收，幸好没被发现。

180斤

29岁的女人，单身，要说心里不着急，那有可能是真的，毕竟"才二十多岁"；要说心急火燎地想恋爱结婚，也可能是真的，毕竟"妈呀，我快要三十了"。这是单身女最容易着急的时候。

过了30岁，心态就宽了，"30岁没有那么可怕嘛，人家还是宝宝"。过了40岁，父母也不催了，亲戚也会心一笑了，全世界都变得无所谓起来。

"爱情需要等待，该来的总会来。"作为一个利落的职业妇女，小北不信这种陈年鸡汤的蠢话。

"不论胖瘦，你自己的，就是最美的。"作为一个冷静的现实主义者，小北也不信这种政治正确的漂亮话。

在政治错误的世界里，政治正确的话说还是要说的，信是信不得的。在"死胖子"的世界里，女性带着怜悯而亲切的目光，从不视之为对手，男性则从不视之为女性。尽管她周围聚集着一群人，这群人却未必正眼看她。

某天同事聚会喝酒，其中一个男生喝大了，在小北家沙发和衣睡了一晚。之后就传出各种版本的暧昧笑话。但笑的是那个男生，不是小北——这才是让小北气愤的地方。

　　最焦虑的时候，她发现了最想要的人。还是那一派的男人，温文尔雅，只是这位身材也太好了些，远远地隔着衬衫都能看到胸肌的轮廓。吸取上一次的经验教训，小北知道她必须减肥。

　　小北很明确，这次减肥，不是为了这一朵桃花，也不是为了潜在的千千万万朵桃花，而是为了"死肥婆"的自我救赎。这人能不能到手另说，减肥是必须的了。女人的身体要是有二百多斤，就没多少人关心有趣不有趣了。

　　小北换了电脑桌面，上面写着"不去瘦，就去死""胖女人没有未来"等，以资鼓励。柜子里的小零食全部送给同事。第一天下午，她就饿得头昏眼花，啃黄瓜是不中用的，奇亚籽泡水也不行。身体知道你在骗它，它要热量，要糖，要脂肪，淀粉，要一切能长肉的东西。

　　她满脑子小蛋糕小饼干冰淇淋，旁边有人若无其事吃烤番薯，把她馋得毫无心思。本来非常消耗注意力的工作，被这些东西消耗走大半，意志坚定的她第三天工作上出了纰漏，被主管关切地问是不是私生活有了麻烦，要不要帮忙。

　　她约了健身教练，每周去上课，练到膝盖水肿。她吃代餐把自己馋得精神恍惚。她桌上放了一大摞名字可怖的减肥药，电脑屏幕后摞了一堆减肥茶。

　　她抱着文件晃晃悠悠就倒在办公室，脑袋磕到地上又被痛醒，总计晕倒时间不到三秒钟。咖啡洒了一地。阿姨急急跑过来，确认只是低血糖后，忙问咖啡有没有放糖，因为含糖污渍和不含糖污渍的清洁手法不太一样。她说放了袋糖，阿姨如释重负嘘了一口气。旁边冷眼看着的主管却皱了眉头。

体重很快降了下来，主管找她第二次谈话。根据经验，第三次谈话可以直接谈 n+1 离职索赔了。她很有能力，但能力如果不能被利用起来，这人还是废物。她当然明白。

"一个女人如果连自己的体重都控制不了，何以掌控自己的人生？"小北桌面上这句毫无逻辑的话流行了很多年。

人和人不一样，有人容易吃胖，有人永远像麻秆。丘吉尔控制了欧洲，也没控制住自己的体重。有人控制了自己的体重，也只能证明他能掌控体重而已。

小北，一个即将三十的女人，能控制一个不大不小的项目的进度，能控制几百万资金的流转，能控制几百万用户的喜好，能控制自己每周 996 高效工作，能控制自己在这种工作强度下抽出时间读一个在职学位、考三张专业证书、拿两个行业大奖。除了体重，她能控制人生的一切。

但她从不被视为一个有自控力的女人，或人。当每个人都这么认为的时候，她自己也不免这么想。嗯，我是不是很糟糕？我可是个死胖子。我不记得我拿过多少证书多少项目，我只是个——死胖子。

150 斤

小北去了趟美国，培训三个月。

美国有一个好处，180 斤的小北只能算微胖，同行 90 斤的小伙伴根本不要指望能在非童装柜买到衣服。美国有一个坏处，口味甜腻到齁人，却非常合小北的意，她随便吃一点，体重噌噌噌往上走。

控制体重，就像控制时间、管理情绪一样，需要消耗大量的注意力。而人的注意力是有限的，不能一直绷着不让放松：辛苦工作了一整天，就想休息一下追个无脑剧；咬牙跑步了十公里，就想吃个小蛋糕作为甜蜜的奖励；做家务带孩子一整天，晚上就要泡澡泡脚恢复体力；双休日在家看专业书，那晚餐一定要好好犒劳……

所以说减肥、工作、家务、学习这几件事不能一起做，就跟打地鼠一样，必须按一头出一头，否则全部按下去，对自己太苛刻，心态就很容易崩溃。

受美国饮食荼毒和工作压力双重夹击，小北苦不堪言。温文尔雅的先生不知小北出差，此刻又发邮件邀请她参加一个跨部门的活动，并非常得体地表达了对小北的敬仰——当然他没见过小北，只是内部工作流程软件上神交已久。

无法控制的食欲，永远填不满的胃口，期待改变的人生，就在她发现对自己失去自控力的时候，出现了转机。

不知如何回复温文尔雅的先生的小北，突发奇想要在室内做几个跪式俯卧撑。做到第三个，她塞满了奇怪口味的墨西哥米饭和茴香汽水的胃一阵翻滚，哇的一声都吐了出来。那一刻她感到无比轻松。

她找到了打开魔盒的钥匙，一个声音在耳边呢喃：

吐出来，吐出来就好了。

催吐，小北发现了生命之光。

120 斤

回国后的小北一柜子红糖麻薯、糖霜梅子、葡萄奶酥、榛子巧克力、海苔苏打、牛角起酥、蜜汁肉脯……

她大快朵颐，反正最后都会被吐出来。心理压力没有了，工作效率提高了，心情也变好了，体重也下降了。

先垫一点水果，然后是炸鸡和司康，全麦饼干最好吐，米线则很难，一边吃一边喝水，最后来个冰淇淋。吃得越饱越容易吐，手指轻轻一抠就出来了。

她的手背上留下了一道渐深的肤色，那是抠吐时摩擦虎牙的痕迹。洗手间弥漫着酸臭的气味。她憋着声音，面色潮红，汗津津地抱着马桶，呕吐。

到后来，她看食物的目光都变了，不再是好不好吃，而是"好不好吐"。淀粉类是最受欢迎的。面条则要记得嚼碎。

这天她从卫生间出来，90 斤的同事正跟人介绍美国见闻，说美国穷人胖富人瘦。她路过插一句："总体而言是这样，但如果你把男女数据分开看的话，美国女人是穷人胖富人瘦，美国男人还是富人胖穷人瘦。"

"为啥？"围观的同事问。

"说明男人上等人可以胖，但女人上等人必须瘦。"小北说，"发达国家女性进食障碍的数量是男性的九倍。"

"可是我看美国还是蛮推崇女性壮壮的啊。"

"你是说卡戴珊那种吧，那叫性征突出，胯可以大，腰不能粗。那不叫壮壮的，壮壮的好像只有战争时期才会推崇吧。那时候需要女人去工作，而不是当美丽的风景线。"小北说，"对瘦的要求是伴随食品工业化而来的，工业化了，食品价格降低了，变胖变得容易了，瘦就成为特权了，接着就变成瘦子霸权。"

"这个霸权没有延伸到男人身上？"90斤的同事问。

"有，宣告'胖可耻'是瘦子对胖子的霸权，宣告'女人胖可耻'是男人对女人的霸权。"小北说。她语气十分疏离，连旁人也看不出一丝自嘲的意味。

小北一天天以可见的速度瘦下去。120斤，瘦到皮肤松弛，瘦到夜不能寐，瘦到抱个咖啡杯都不稳。她对自己说，明天不能再这样下去了，这是最后一次呕吐。

然而明日复明日，饥饿的身体让食物充满诱惑，饱腹后的罪恶感又让食物十分惹人厌恶，她用后天的"审美"抵抗人类进化万年的"本能"，在分裂和崩溃中循环。

没有人知道她在卫生间里做什么。每次吐完后，她头发凌乱，泪眼婆娑，脸上的毛细血管一根根暴凸出来，她一边漱口一边看着镜子里的自己："人生怎么变成了这个样子？"

然而摇摇晃晃登上体重秤，她的心依旧是欢喜的。上一次120斤，还是16岁的时候，紧绷的皮肤，结实的肌肉，汗水贴着内衣流下来，一股一股都是流动的、活的。

如今她已看清审美是一种霸权，已不再否认世人的眼光之荒谬，但她无力以一己之力对抗这些，她更关心自己如何在荒谬的眼光中活得更好。

90 斤

节食、运动、推拿、吃减肥药这些手段都可以与人分享，成为谈资，不管有没有效、是不是智商税。但"催吐"绝不能被人知道。一旦暴露，就会被贴上"毫无自控力""浪费食物""好恶心"的标签，这比"胖"可怕多了。很多人问她暴瘦的秘诀，她说做瑜伽、放松心情、泡澡、做 SPA。

一个瘦到不健康的人，不会被人认为缺乏自控力，不会被说："怎么不肯多吃一点肉？你控制不了自己的体重，何以控制人生？"但对胖子就没有这么友善了。

以 BMI 指数作为标杆，一个 175 厘米的亚洲女性，体重 45 千克，和体重 75 千克属于同样程度的不健康。然而后者很大概率在生活中遭受恶意，前者中不乏成为明星的。

小北越来越瘦了，也病得越来越重了。她病在身体，牙齿龋蚀，皮肤暗沉，失眠心悸，她都知道；她病在精神，执念在心，她不知道。心身合一，一荣俱荣，一损俱损。有同事发现了不对劲：她出入卫生间后，里面总有一股奇怪的味道，她身上也有，她的衣服上也有，座位上也有。只要沾到她就有酸臭的味道。

小北欣喜地看着镜子里的自己一点点瘦下去，可是不论多瘦，似乎永远多一块肉。她要瘦成一道闪电，瘦到没有肉。

终于有一天她照着镜子怎么都捏不出一块肉来，她觉得自己似乎应该吃一点东西。她试着咽下一口饭，享受粳米的清香、淀粉的微甜、软润的口感,她试着不再吐出来。然而胃里的食物如鲠在喉,她忍不住轻轻咳嗽了一声,一不小心,哇的一声,喷得满地都是。

再吃下去,又吐了出来。似乎人的胃里生来就不应该存有食物。她想吃,但已经不会吃了。就像眼睛存不住沙子,她的胃存不住食物。一点点食物都让她痛苦,只有吐空了才浑身舒坦。

30岁,小北回到了14岁的身材,细瘦的四肢,90斤的体重,没有月经。不同的是,此时的她皮肤皱缩,精神困顿,一口烂牙,口腔发臭,浑身无力,头发大把大把地掉。

又坚持了几天后,她用仅存的求生欲去看了医生。

她高声问医生:"怎么会是进食障碍呢?我只是吐了几次而已。我上网查过,只有稍微重一点点的女生才会进食障碍,我200斤的,不会的。"

小北心里,自己永远是那个200斤的女人,永远那么胖。

医生没说什么,直接要求联系家人、住院。

之后她慢慢恢复饮食,一点一点圆润起来。医嘱之一是:"可以吃,但你绝不能再吐。"

她的故事里没有出现那位"温文尔雅先生",但起码还有一个幸存的自己。

现在她110斤,能吃,能睡,能温柔地对别人说,能吃是福。

唯一的女程序员

这是七八年前的故事了，那时候女程序员还很少。

周妍是一个五官平淡的女生。白描勾线的眉眼，没有高光也没有阴影。

我一见面就记住了她，是因为主程序员的介绍：

"这是周妍，我们这边唯一一个女程序员，以后你跟她接口。"

—

22 楼的一个大平层，布局泾渭分明。

门口商务部的小姐姐一身西装，小哥哥桌上常放着香水喷雾。

中间是做测试的，男男女女皆是一张专注而模糊的脸。

最里面的僻静处坐着三排程序员，人人一身被洗衣机洗得走形颜色不明的 T 恤。

周妍是例外的那个，她长发及腰，长裙逶迤，像一幅灵动的水彩画。

那时我还是市场部的分析师，要追一批产品运营和广告数据，用来优化后续的投放。这需要市场部和开发组的程序员合作。广告这边的接口人是我，程序那边的接口人是周妍。我们打交道的时间不多，接口人只是一份小小的兼职，日常我们各有各的本分。

周妍不是组里最顶尖的程序员，但也不是最糟糕的；她有自己特别擅长做的事情，也有弱点。她很努力地工作，也拿过一个大比赛的名次，也会改 bug 改得抓耳挠腮——她是公司三排程序员中无比普通的一个，但当这个"程序员"之前要加个"女"字作为定语，一切就变得不一样了。

女程序员在工作中有极大的优待。

比如卫生间单位面积很大，如果这一层都是程序员，周妍可以独占豪华六坑位。

再比如三八妇女节可以收到礼品一份，往往是戴不出去的丝巾或是百无一用的笔筒，好比超市买牛奶送的塑料碗，实用不实用不重要，因为免费，所以美好。

再比如女程序员更容易得到赞美。

不管什么人来，介绍她的话一律是"我们唯一的女程序员"。这简单的几个字是对她所有工作的所有注脚。她做过什么项目，擅长什么，拿过什么奖都无关紧要了，性别成为她最大的特色，吉祥物一般的存在。

作为回报，来人也会惊讶一下："哇，女程序员，好厉害！"

她如果不修边幅邋邋遢遢，对方的惊讶大概是礼节性的。但她偏偏留着长发，穿着长裙，看上去香香软软的，更坐实了吉祥物的猜测，对方的惊讶便十分诚心实意。

"什么都不知道就说我好厉害。说我厉害就因为我是女的？"她很无语。

我想起周妍之前接口人叫小强，在我和小强接口前，听说他对主程序员抱怨："能不能叫市场部下次派个男的过来？女人逻辑不好，很难理解程序的。"

作为市场部唯一有编程经验的人，同时也是一个女人，我尚可以尝试用工作表现去打脸，但周妍毫无办法去对付这种"夸奖"，毕竟人家已经说你"很厉害"了——人家是笑着脸来的，你想打脸都无处下手。

二

即使在同一个办公室，呼吸同样的空气，喝同一种豆子磨出的咖啡，人类对鄙视链的追求依然孜孜不倦。一般来说，鄙视链和收入水平是平行的，但程序员跳脱于六道轮回之外，他们鄙视所有人。

项目管理永远在催死线，测试永远有新发现，产品经理永远在拍脑袋,程序员永远在骂傻×。只是对他们而言,"傻×"是个高频语气助词,"那个傻×"是人称泛指代词。

相处久了你就会发现,程序员口中的"傻×"毫无恶意,只是一种事实陈述:他们实在是遇到太多乱写需求文档的人了,他们要实现傻×的需求,就必须把傻×的智商提高到自己的水平——这有点强人所难。

你去问 100 个程序员,"工作中最头疼的是什么?"九成人会回答你,不是"写代码",也不是"改 bug",而是"需求沟通"。周妍在这一项上特别擅长,她能从对方的语无伦次里迅速找出可行路线,宛若米诺斯迷宫里的忒修斯。她可以不说一个"傻×"就把需求完成。

但即便如此,总有些傻×绕不过去,这是程序员的宿命。

周妍接了一个语焉不详的需求,捅了一个不大不小的娄子,连累隔壁部门的主管和我陪她通宵。

隔壁主管是个很有逻辑的人,他的逻辑很简单:

倘若一个程序员捅了娄子,是因为他学艺不精。

倘若一个女程序员捅了娄子,那一定是因为她是女人。

如果你对上面的逻辑无法共情,那我可以换个例子:

一个男人不善开车,是因为他车技不佳。

一个女人不善开车,那一定是因为她是女司机。

女同学可感同身受?

所以女司机会开车也是错，不会开车也是错。你绝对不可以车技不精，否则你就是"女人不善开车"的最佳注脚。如果你恰好非常会开车呢？那就可以推论出你"不够女人"——完美逻辑！

天亮后 bug 还是没有解决，隔壁部门的主管向主程序员抱怨了几句，主程序员当面没说什么，回来责备了周妍几句。周妍顶着通宵的黑眼圈，眼圈立马就红了。这时我在边上睡着了，没见着，具体画面是根据几天后听到的脑补的，主程序员的原话是："不敢再招女程序员了，说不得，一说就哭。"

周妍对此也很无奈："我也不想哭啊，控制不住啊，我委屈啊。我觉得好丢脸啊。"

唉，程序员就是单纯。

公关部的女孩子，情绪都分前台后台，前台界面是一张笑脸，后台进程里老泪纵横。

市场部的女孩子，要哭都去卫生间哭，哭完还能在厕所里喝奶茶敷面膜补个妆。

男程序员从来不哭，为什么呢？
——可能因为他们抽烟。

三

不是所有人都需要抽烟，但总有人需要安慰。

公司每一个女卫生间里永远都贴着一张告示：请勿在卫生间抽烟。

然而女卫生间永远有一股淡淡的烟味，提神醒脑。

同时，吸烟室的大玻璃房里三三两两永远都是男生。

一般认为吸烟不是一件好事，尤其是女人吸烟，尤其是不怎么美艳的女人吸烟。

水平所限，我所见的职场女极少像电视剧中那样整天高跟鞋、套装、妆容精致、抽细长女士烟、卓显女性优雅云云。

市场部在 21 楼，21 楼的消防楼梯是市场部女孩子心照不宣的吸烟区。

业务最忙的时候，跑外勤的小姐姐穿着衬衫和毛绒拖鞋，满面油光一脸脱妆；做分析的小姐姐穿着 T 恤套头衫和人字拖，蓬头垢面生无可恋。大家或蹲或坐，围着一个可乐罐充当的烟灰缸绕成一圈，像是举行某种仪式。抽的烟一般是中年直男爆款，但求有劲儿，细长女士烟"太淡没味儿"。

22 楼的消防楼梯是程序员专用。吸烟室的玻璃房人多眼杂，往来路人皆知，预示着"哥没干活，哥在消遣"，让人很有心理压力；楼梯间则是隐秘的、放松的、小圈子的、安全的。

每天就那么两根烟的工夫，两拨人偶尔会撞点，遥遥打个招呼，有一种互抓把柄的安心。楼层的距离不远不近刚刚好，咕哝的时候互不干扰，高声的时候又可以故意让对方听到。既然是课间放松，往往以吐槽、八卦、扯淡为主，不时爆出一阵不明所以的大笑，也不时有人突然想到些什么，匆匆跑回工位把灵感写下来。

周妍偶尔会出现在那群男生里。男生聊足球，她很少插得上嘴。倒不是她不懂，而是兴趣点不一样，她看欧洲男足和男人看巴西女排一样，注意力在比赛，更在脸和胸、屁股和腿。

一般来说，市场骂骂甲方，程序员骂骂产品，互不相干。但一个小插曲让两拨人在那天合成了一个圈——产品经理。

团队中最硬气的人，往往是程序员，但最重要的人，肯定是产品经理。因为一个糟糕的产品经理，可以把整个团队拖到沟里，100个程序员都拉不回来。同时背锅最多的也是产品经理，各个组抬头不见低头见的，不好对掐，都爱拿产品经理垫脚。特别是当产品经理代理半个总监的时候，形势尤其复杂。

事情是这样的：

周妍之前捅的娄子本来千方百计补好了，临时被要求改个看上去很小的需求。因为改动少时间紧，没怎么测就放出去了。理论上是没事的，可这个需求本来就大修大补过，先天不足，后天一改就爆发出了无数个问题，大多数问题在测试盲区，其中一个问题又直接影响运营。产品经理一怒之下发出暴击："当不好程序员就去当测试员！"

短短一句话完成了对程序员和测试员的双重羞辱。工作群一下子安静了。

我们只有一个女程序员，我们有很多测试妹子。

四

周妍这回不哭了，但也没了笑容，显得尤其楚楚可怜，虽然她自己未必乐意这样。

主程序员帮她去骂产品经理，其他程序员都来安慰她，测试组的小姐姐也跑来表示同仇敌忾。大家坚定地守护这个"唯一的女程序员"，却没有令她高兴起来。

她说，这显得她更像吉祥物了。

同组的一个程序员技术精湛，主管说："你照顾一下周妍。"那人就对她雪中送炭、嘘寒问暖，暖了好几天。一个老程序员带一个新程序员，那最常见不过。但到了周妍这里，就变成一个男程序员带女程序员，照顾女人，天经地义。可是新程序员是会成长为老程序员的，女程序员却变不成男程序员。周妍惊觉自己陷入一个永远需要被照顾的坑里。

那人对周妍的照顾一发不可收，明眼人能看出来他动心了，虽然周妍未表态，这对主管而言多多少少有点犯忌讳。主程序员以前从未遇到办公室恋情的问题，现在遇到了，自然又是"招了女程序员"的错，不招女人是不会有这些麻烦的。

几天后，内外交困的她剪了板寸，换下长裙，惊了半个办公室的人。她把自己埋没在三排颜色不明的 T 恤里，洗心革面。

她经常出现在 22 楼的楼梯间，和那群颜色不明的 T 恤打成一片。

她继续聊足球篮球，小心翼翼地和每一件 T 恤保持等距。

她气鼓鼓地跟我说："那个傻 × 又提了个月球计划！"

他们程序员喜欢用月球计划来形容工作量巨大、短期内无法实现的需求。

她甚至把名片和名牌的"周妍"换成"周研"，谨防外包公司的人把她当女生。

人们渐渐忘记了她的性别。她也渐渐独当一面。

现在主程序员是这样跟人介绍的，这是负责 ×× 需求的程序员周妍。

甚至有人偷偷跟我打听："你们公司那个程序员是男是女？"

我当笑话讲给她听，她哈哈哈，特别得意。

"你就说我是男的好了。"她说。

"女人和程序员就那么不可兼得吗？"我问她，"非要把自己搞得那么男性化不可？"

"长裙子长头发是女性化，那短头发打篮球是不是女性化？谁规定女性不能这样呢？"她说。

"OK。我道歉，我收回刚才的问题。重新问一个：刻板印象中的女性化和程序员不可兼得吗？"我说，"就不能在满足长发长裙的同时做一个女程序员？"

"如果这里不止我一个女程序员的话，这是没问题的。我打扮成什么样子是我的自由。但是，这里只有我一个女生，无论我做什么，都会被冠以'女生'就是怎样怎样的名义。就像如果你出国的时候乱扔垃圾，别人就会说中国人就是喜欢乱扔垃圾。我在这里稍微有一点点疏漏，也会被说女生就是做不好。"

"我没有牛×到大神的程度，如果我无法永远表现得完美，我就必须让人忽略我的性别。要么被当成洋娃娃，宠得什么都学不到，要么被当成假小子，大家做兄弟，我只能选一个。"她说，"有问题吗？"

"没毛病。"我说。

"所以嘛，做人总要有取舍，现在这样也不错。"她说，"羡慕你们市场部啊，女生多，没这种破事儿。我来采访一下市场一部的王小姐，请问贵部门的男性会被特别看待吗？"

我想了想，说："你不说，我还真没意识到市场一部还真的只有一个男生。我部居然只有一个男生，太神奇了！"

"那王小姐觉得男生适合做市场吗？"她问我。

"非常适合。第一，男生不用请产假，安排我们这种周期性工作很方便；第二，市场部要出差，经常晚上还在路上，男生比较安全；第三，市场部晚上要经常加班，已婚女员工会说要照顾孩子必须回去，男的就算结婚了也可以在办公室打地铺；第四，有些地方来的客户一吃饭就要喝酒，一喝酒就灌人，倒不是说男的酒量大，而是男的即使灌醉了也不会不体面，安排男的比较放心；第五……"周妍起身就走。

"我还没说完呢，你有急事吗？"我追在后面。

"那你们招那么多女生干吗？"她朝食堂方向走去，边走边说。

"文科本来就女生多啊，何况我们这边应届生比较多，起码这三年不会结婚生孩子，等三年过了，在我们这行也该跳槽了。不结婚的话，男的女的都差不多。"我说。

"产假不是女生的错。"她说。

"但需要公司买单。或者你可以要求全社会买单，父亲产假之类的。"我说。

"晚上出门不安全也不是女生的错。"她说。

"但出门安全需要配置更多警力，还是全社会买单。买单都需要成本的，生产力发展到足够程度才能覆盖这些成本，现阶段你做不到那么理想。"我说。

"照顾孩子也不是妈妈一个人的事，劝酒更是讨厌。"她说。

"是，理论上说，妈妈收入比爸爸高的话，要求爸爸照顾孩子多一点比较合理。理论上说，你有足够优势的话，可以喝水就把事儿办了。这都是议价权的历史遗留问题。"我说。

"看，不是女程序员才会遇到这些问题，大家都会有，只是明显与不明显的差别。"我补充道。

"你点什么？"她问我，"糯米排骨还是咖喱鸡？"

后来，她说这里已经学不到东西了，她要辞职，等拿到年终奖就走。

年会上，她穿着深V礼服，闪着长长的睫毛，半长不短的头发卷成慵懒妖娆的曲线。她对每一个人说谢谢和保重，和每一个人合影留念。这一幕被程序组津津乐道大半年。

最后组内抽奖，她抽中了最大奖——一台苹果 Air，她假装不知道抽奖程序是主程序员写的，假装不知道大家为了送别故意蹭办公经费送她一台电脑做礼物。

后来的故事我就不知道了，只知道她还在当程序员。从朋友圈看，她的头发越来越长，裙子也越来越漂亮，同事聚会里的姑娘也越来越多了，各种各样的姑娘，剃个板寸的，烫个大卷的，帅气的，妖媚的，相貌平平的，胖的瘦的高的矮的，霸气侧漏的，温柔寡言的。她说程序员是一个很好的行业，适合女生。

她再也不是唯一的女程序员了。

一生一世一双人

在讲这个故事之前，我搜索了几位当事人的名字，希望回忆起更准确的信息。然而我搜不出一点痕迹。不过几年，当时轰轰烈烈满城皆知的热闹事，已经消失在信息的洪流里，没有涟漪。

一

那是一个夏日的午后。全玻璃幕的办公楼外墙，一到下午就炙烤在阳光里。即便冷气开得很足，靠窗的员工也不得不打一把大黑伞，以免电脑屏幕反光。他们说话时就从大黑伞里探出头来，远远望去像一排流水线上的土拨鼠。

新买的咖啡机一天堵三回，我只好给自己拿一罐可乐，一口下去，手机振动了一下，我就着寒气打了个激灵。

"王小姐您好，我是贵公司研发部客户端程序员陆丰的妻子柴菲菲。您和陆先生的亲密关系我已知悉。鉴于我和陆先生不睦已久，我已着手准备离婚事宜。如果有机会，希望可以请您喝个茶，祝您和您的宝宝安康如意。"

我的确姓王，陆丰的确是我司人员，名字和部门都没错，也不像是发错号码。

我回复道："我跟陆先生没有私人和业务往来，过年到现在说的话不超过三句，您一定有什么误会。"

过了许久，那边发来消息："抱歉，我发错了，打扰到您。"

指名道姓的，这能"发错"？我抬起头，对面大黑伞和大黑伞之间的缝隙里，一排女人露出了清一色的狐疑。

我对陆丰的印象很模糊。他大众头、大众脸、大众身材，穿一身大众衣服，灰不啦唧的 T 恤七分裤，超市十块钱一双的蓝拖鞋，拎个红点包。自从换成 17 英寸的"外星人"后，他开始背背包上班，那包得有十斤重吧，算是他身上唯一独特的点。他平时闷头干活儿，不爱聊天，跟姑娘说话就脸红。年会那天，老板过来一桌一桌敬酒，他一句奉承话也没说，就埋头吃饭，存在感特别弱。如果不是这条短信，我快记不起还有这个人了。

"你收到短信没有？"工作群里同事佳丽问。

我外驻在一个 40 多个人的项目组，40 多个人起码加了 40 个群。其中主工作群有一个，每个人都在里面，项目总监是群主。主闲话群一个，除了群主以外，其他人都在里面，和总监关系紧张的副总监是群主。其他还有各种拼车群、吃饭群、健身群、代购群以及形形色色的小团体群。群里人越少，说话的安全等级越高。刚刚问话的群里面一共四个人，四个人和陆丰都不熟悉。

一聊才知道原来大家都收到了。那条短信，除了抬头，内容都一模一样。正逢淡季，宜八卦。我们七嘴八舌了一圈，四个闲人又分头向自己所在的小圈子群打探一番。已知项目组所有女性同事都收到了这条短信，结论如下：

1. 假设发短信的女人是陆丰的老婆。推论1：工作室有个女人怀了陆丰的孩子。推论2：陆丰劈腿了。

2. 假设发短信的女人不是陆丰的老婆。推论1：其他和陆丰有纠葛的女人报复他。推论2：陆丰劈腿了。

3. 如果第2条为真，推论1：项目组有人把全组人的性别、姓名、联系方式透露给这个女人了，连我这种临时驻项目的人都照顾到，说明这信息还更新得挺及时。推论2：知情人就在我们当中。

4. 这条短信发给了所有人，是个"钓鱼短信"。

究竟是哪个女同事呢？大家陷入了沉思。

这天的晚饭还没吃饱，撑着的人已经太多。大家在食堂小心翼翼地观察女同事的肚子，显瘦的人神色坦然，圆润的人小心翼翼，平时显瘦近日发胖的人只能一路屏息收腹，以示清白。我当天刚好有饭局，早早下班，没去吃饭，拿了盒酸奶就闪人，就被毫无根据地列入嫌疑人名单。

八卦的传播速度殊为惊人，第二天连南门看电动车的大爷都能说得绘声绘色。到了周末，和本公司指定同一家健身会所的友公司，也对此略有耳闻。人人窃窃私语，带着快活的情绪。不过人跟人的快活是不一样的，女同事的快活带着幸灾乐祸："你出轨你活该。"男同事的快活带着钦羡："看不出来啊，你小子还挺会玩。"

据公认的八卦达人前台姚小姐在聊天群所言："真怀孕的人，心里有鬼，一定会拿衣服什么的遮掩。"

我觉得有点道理，第二天就穿上露脐装，踩着十厘米细高跟鞋在办公室里耀武扬威地走了两圈。陆丰还是坐在角落里，一副超然世外的样子。此事虽然已经起码在 40 个群里经历了惨无人道的扒皮，譬如初恋女友在小学拿过珠心算第一名都扒出来了，但在大工作群还是波澜不惊——私人感情属于"不告不理"事件，理论上说，直接上司不发话，当事人对此完全可以不表态。

我的矫揉造作很快遭到了报应。办公室冷气开得太足，女生平常都披个针织外套干活，露脐装绕场两周的阅兵让我在一个小时后塞了鼻子。有过敏性鼻炎的人都知道，眼鼻喉相通，很快眼睛开始发痒，很快开始肚子痛。等我上完厕所洗手洗脸，又忍不住干呕了几下。姚小姐正在补妆，吓得气垫粉扑都掉了，大声惊呼："小王，你不舒服吗？"

我红着眼睛流着泪，愕然："是啊。"
没等马桶水箱的水填充完毕，王某人孕吐的消息已经传遍大楼。
我特别羡慕那群土拨鼠，大黑伞一定可以遮挡很多不必要的视线。

我很明确自己处于多么孤立无援的境地：我绝不能和陆丰吵，那是群众喜闻乐见的事；也不能要求他澄清，没人会信；甚至不能跟他说话发消息，万一被谁看到更洗不清。我只能加量健身，保持小腹平坦的状态，绝不能胖，胖了，人家以为我怀孕；也不能生病请假，请假，人家以为我去流产。

二

就这样不尴不尬地过了两周，事情有了转机。那天产品更新了一夜，我跟了通宵，第二天睡到下午才来打卡。刚进门就看到一小姑娘在门口探头探脑。

我还以为是会展部门找来糊纸盒的大学生："您哪位？请问有预约吗？"

小姑娘抬头看着我，眼睛红红的："你是市场部的王小姐？"

"啊，我是。您哪位？"

"校招的时候我见过你的宣讲，讲得真好，特别喜欢你们公司。"小姑娘说。

"这都去年的事儿了。你想实习的话可以去我们网站上申请。"我说。

现在的小朋友不知道哪里看来的鸡汤文，一个个热衷霸王面霸王笔，"我没有××的能力，没有××的学历，但是我有一颗热爱贵行业的心"云云。逼得我们不得不在校招季把西门大爷拉过来守前门。

"不，我要上去找一个人。"姑娘坚定地说，一边说一边眼泪流了下来，又倔强地扭过头去。

大中午的，门前鸦雀无声，因为我们的姚小姐一天八小时能有两小时在岗就算勤奋的。我拉姑娘在旁边沙发上坐了，在姚小姐的抽屉里掏出一个茶包，泡了杯茶，说："我下午没事儿，你慢慢说，看看我能不能帮上忙。"

过了好一会儿，小姑娘终于平静下来。

她叫小夕，是陆丰的女朋友。陆丰以单身身份跟她谈恋爱。她怀孕了，想生下来。陆丰说："对不起，我有家室。"玩消失。她要找到孩子爸爸。我觑了一眼她的肚子，孕早期还看不出来。

她的目标是和陆丰见面说清楚："孩子，我一定要生，他一定要跟我结婚。"她要上楼。

按规定，办公楼不能放闲人上去，客户上去也要由接待人员代为申请一次性出入凭证。可小夕看着可怜，陆丰又害得我在公司被不明不白冤枉，我马上把狗牌取下来给她，让她上去找人。自己则假装忘带工卡了，去保安那儿领临时卡。

等我后脚上楼，过玄关，扑面而来一个靠枕，接着是滴溜溜一只拖鞋。陆丰那角落已经鸡飞狗跳。小姑娘还是有分寸的，只拣摔不坏的东西砸，场面火爆但人畜无伤。其他人想看热闹又不好意思看，嘴上劝着，手里还是闲着。临窗的大黑伞里露出一道道关切的目光。

"你还有完没完！"陆丰把马克杯砸地下，可惜地毯太厚，杯子没碎，气势全无。

姑娘抄把椅子扣他头上。上个月公司搬家，刚换的人体力学工程椅，特别轻巧，有弹性，是很适合女生的单手武器。

行政人员看不下去，带着保安把两人拉到楼下去。大家一哄而散，转战同事群聊八卦。

我赶紧补上午的活儿，干到一半，收到一条消息："是王姐姐吗？我是小夕。谢谢你，我把你的工卡放保安那儿了。"

吃晚饭的时候我才去拿卡，姚小姐正在收拾包准备闪人，看到我，她还有点不好意思。

"王姐，别忘了找保安拿名牌啊。"她笑嘻嘻地说。

"好，谢了。"我说，"小姑娘走了？"

"那小姑奶奶可难对付，死活不肯走。缠着陆丰要他老婆电话，陆丰死活不给，两个人闹了半天。"她说。

"最后怎么样了？"

"我嫌烦，把他的老婆电话给她了，他老婆是他紧急联系人，行政人员那儿有底。她拿了就走了。"她没好气地说。

"一个想离婚一个想结婚。你成人之美了。"我说。

正说着，陆丰进来加班，脸色很不好。

姚小姐给他的背影一个意味深长的表情，发出一声"呵呵"，拎起包，临走给了我一个"你不是傻吧"的微笑。

吃完饭，上楼，我的数据还在跑，我下楼跑了个步，洗澡，上楼，数据还没跑完。正无聊，瞥了一眼公司内网当日热搜，排名第一的是"上海世博会"，排名第二的是"陆丰"。

"这也太闲了吧……"我把热搜榜截图发到四人群里。

佳丽在声音响亮地嗯最后一口酸奶，腾出手来迅速给我贴了一个地址："本地论坛今日人气帖 top1 帖 https://www.&%#@《××大学女大学生血泪控诉××公司程序员陆丰玩弄感情》"，帖子很长，材料翔实，图文并茂，文字慷慨，气势恢宏。

大意是说，楼主，即苦主，是个××大学××学院大四的小姑娘，比较受家人疼爱，为人单纯。去年秋季校招时和一个公司的男员工对上了眼。她本来以为对方为人老实，收入尚可，可以托付终身，就冲着结婚谈恋爱。结果怀孕后，男主 QQ 拉黑（当年还没有微信）、电话拒接、电邮不回，全面断联。楼主悲愤之际，发帖公布对方公司、部门、职位、电话号码，不惜实名自曝并曝光此人。

她发什么是她的自由，但是发陆丰的高清照片和联系方式，恐怕有违法嫌疑，况且其中涉及我司名字，不等我去找她，我们法务也会上门。想到这里，我马上拨通她的电话。

然而等来的是她带着哭腔的声音："姐姐，那个帖子不是我发的……你一定要相信我！"

三

　　爱比恨来得早，比恨走得晚。具体点说，你一定是先爱上一个人，才能恨上一个人。你若还恨着他，那一定还爱着他。小夕就处于这种状态。我不知道下午她和陆太太聊了什么，但很明确，陆太太感受到这种爱和这种恨，把它们变成自己手中的武器。

　　小夕跟我说，她在楼下遇到我的时候，还想把孩子生下来，但她在抄起椅子砸他"狗头"（原话）的一刹那，改了主意。她不再有白色的浪漫幻想，但这个孩子是她向陆丰报复的武器。她希望陆丰赔钱、失业、声名扫地。

　　可惜一则我们不是机关，也非国企，我们这种公司，KPI是王道，至于个人情操，只要不影响公司形象，吃花酒还是"419"，旁人和主管是不会插手的。做开发的说一声，"今晚要加班，我睡公司了"，老婆也不会怀疑，这是天然优势。这也是为什么陆太太在得知劈腿风声后，第一反应是办公室里有鬼，想方设法弄来女同事的联系方式钓鱼。

　　二则，"声名扫地"这种事，对女人而言往往是杀敌一千，自损八百，有时候赢了比输了还难看。更何况在这种几千万人口的大城市，热门行业的中层技术人员跳个槽就可以轻松消失在茫茫人海，也不惧什么"名声"。排除法下来，小夕唯一能指望的就是赔钱了。

"孩子我肯定要打掉，但我绝不能便宜了他。"小夕在电话里说。

可是据我所知，陆丰离不开太太。他不是那种功成名就到可以换房换老婆的男人。他在这个城市不仅有房子，还有房贷，不仅有妻子，还有妻子一家和他们附带的所有本地资源。他辛辛苦苦很多年才赚到的这一切，这勉强维持的一切中产表象，大概不需一炮就能灰飞烟灭。

对陆太太来说，何尝不是。她并非大富之家，一样是战战兢兢兢兢业业才有的今天。新买的房、二手的车、收入不错的丈夫，以及收入平平但顾家的自己——两个人在这个眼高过顶的城市建起一个纸糊的家，一个岌岌可危的平衡。这个家不堪一击，但彼此所需，谁都不许它倒塌。

小夕对陆丰说："你要是不给我钱，我就把孩子生下来，打官司，跟你要十八年的抚养费。"

陆丰对小夕说，他愿意花几万块钱买断这份过往，不够再加。

然而贤良淑德的陆太太在一边热情地表示："我一定要离婚。小夕，你也是受害人，我不怨你，孩子是无辜的，请你生下来，你们结婚，不用管我。"

然后陆丰求太太不要离婚，他愿意做一切事情。

陆太太说："不，虽然我还爱着你，但爱是放手。"

——剧情迅速从李碧华模式进入琼瑶模式，两个人当着小夕互剖衷情，感天动地。

小夕说她无法应对这种场景，受不了，就离开了。后来还是等别人告诉她网上的消息，她才知道那个上了热搜的热门帖。

之后陆丰打电话给小夕，骂她是个疯女人，恶毒可怕的疯女人，宁愿毁掉自己也要毁掉他。

小夕说："帖子不是我发的。"

可是谁会相信呢？

他们开始吵架，互相指责，最后一点仅存的信任也荡然无存了。

"你现在准备怎么办呢？"我说。

电话那头没有声音，过了一会儿挂断了。

几天后，办公室的风波渐渐平息，事不关己，闲来看戏，戏散了，人也散了。法务说不需要删帖，因为论坛永远不缺热点，再火热的头条也会一点点沉下去，像一颗石子沉入湖底。

据我观察，陆丰在女同事间的人格魅力分大大下跌，女生很嫌弃他，但他在男同事间的人格魅力大大上升，男生似乎觉得他有了不起的本事。鉴于本司男女比例9∶1，陆先生收到的反馈大概是正向的，久而久之便也多了些自矜的神色，渐渐说话活络起来，反比之前木头般沉默的个人形象更受欢迎。

不知道小夕被人以何种目光看待？我很好奇，发了个很唐突的消息过去。

她说她在北京一家公司实习，公司很好，可以转正。她谢谢我帮她，说 6 月回来拿毕业证书，之后就再也不回来了，这个手机号也马上要换了。她说："姐姐，你不必记得我。"

之后我果真没见过她，倒是见过几次陆太太，气色越发好了。陆丰虽然在男同事间很得威望，脸色却一天比一天垮了下去。八卦顾问姚小姐说，陆太太原本还算温柔，经此一役，性情大变，如今她手里捏着他一辈子的把柄，自然要物尽其用，工资卡也收了，车也收了，处处压他一头。要么这一压就是一辈子，要么情绪积累到一定量变发生质变，大家大闹一场，一拍两散。

"一战过后不是德国签了那个什么协议吗？战胜国把德国压榨得太惨，结果逼得德国打了二战。现在就处于两次世界大战之间的短暂和平期。"姚小姐笃定地说，"就看我们下个产品红不红了，要是做出来了，他俩准离。8 月上线是不是？测试月营收过千万的话，你可以让 HR 取消他的配偶答谢贺年卡了。你不信？赌一把？"

我没有赌。产品也没有红。他们也没有分。就这样一生一世一双人，白头偕老吧。

刹那芳华

如果不是孩子喊着"妈妈"，我差点没认出她来。

上一次见她的时候，她还像个孩子。短短几年，她彻彻底底老成一个大婶。

一

程序员是个很大的群体，经常被贴上诸如死理性、低情商、没情调的标签。如果和程序员打交道多了，你会发现里面有风骚的，有文艺的，有八面玲珑的……什么样的都有。不过，小山是程序员里面最像程序员的一个。

他勤奋、靠谱、话少，是我最喜欢的同事。可能也是所有人最喜欢的同事。年终背靠背互评的时候，他的分数最高。但他不是那种左右逢源的人。他只会干活儿，整天埋着头，十分低调。用我的话说，他是一个好人，是一个好男人。

"怎么会是他第一啊？"我不解。论理，整日笑眯眯的大陈、很会讲笑话的熊仔、技术大牛浩哥都挺招人喜欢。小山在人群里实在是太普通了。

"意料之中！"姚小姐说，"你有没发现，这个办公室里，只有他，只干活，从来不说别人的是非。"

他何止是不说别人的是非？他不说别人的任何事，也不说工作以外的任何事。他像是八卦黑洞，任何消息到了他这儿，只进不出。关于他自己，别人也是一无所知：他喜欢吃什么？喜欢什么电影？听什么歌？有没有喜欢的女明星？

但关于工作，他又无所不知，烂成渣的陈年问题也能清理出来龙去脉，为其他人提供翔实的信息——简直就是程序员AI。

我毕业后第一台桌机是他帮我配的。工作需要，我对某些配置的要求很高。他坐下来大笔一挥，唰唰唰写下两行配置单。到电脑城，随口问两句，那隐隐之间的专家气势就逼得店员小哥直接报出最低价。

他很得意这台电脑，该好的好，该省的省，速度快，性价比高，最得意的是显卡，为了那张高级的显卡，他特意配了一个超长的服务器机箱。我什么都不懂，只觉得百分之一百的好用，价廉物美又耐操作，非常适合我。

AI小山和另外两个人负责一个子项目，那两人天天喝茶玩耍，只见他忙前忙后，整日紧盯三个屏幕，永远在加班。中午我们去外面吃饭，叫过他几次，他也不来。他每天穿公司文化衫，每顿吃食堂，我怀疑他月消费没有过五百。

我说小山将来会是一个非常好的老公，经济适用，能赚不花。姚小姐一听扑哧一笑，撇着嘴走开了。

"小山，我们订奶茶，你要不要？"我说。组里团建的奶茶是免费的，我会叫上他。

"随便。"他说。

最讨厌"随便"了。我们恶作剧般给他订过纯牛奶、热可可、茴香热葡萄汁，他都来者不拒。后来奶茶店老板娘出了一款叫"随便"的奶茶，终止了我们无聊的游戏。天气转凉后，办公室里的下午茶党越来越多，下订单的后勤小姐经常记错单子，倒也无所谓，总之把众人拿剩下的给他。

"小山，我订的红枣姜茶太甜了，跟你的热美式换好不好？"小顾说。她是今年刚从总部调过来的女生，很活泼。

"好的。"他头也不抬，只把咖啡往外推了推。

"你们又欺负他！"服务器的程序组长端着茶缸子走过来，冲着顾小姐窈窕的背影喊。

其实他也是来欺负小山的，他布置了一堆的细琐活儿给小山。小山点点头说："今天下午事情很多，晚上给你做，10 点前给你。"没有多余的话。

我刚上班的时候总是有求必应，生怕得罪了人。稍微工作几年后，就发现工作中想要不得罪人是不可能的。不是得罪了这个，就是得罪了那个。如果所有人都喜欢你，那不仅不是一件好事，反倒是一件讨厌的事——说明所有人都从你身上占了便宜。

我一点都不介意别人恨得我牙痒痒，只要他拿我没办法。有时看不下去，也会帮小山出个头。不过他并无感激的神色。他就是喜欢这种工作状态：我热爱工作。工作让我充实，工作让我快乐，我不介意你占我便宜。

顾小姐之后又来换过几次下午茶，一会儿说电脑风扇坏了，一会儿搭讪着借碎纸机，总是不尴不尬的。小山对顾小姐和对其他人并无二致，依然公事公办的样子。果然程序员就是迟钝啊。

终于，我忍不住旁敲侧击，刚开了个头，说了句"顾小姐比你小五岁"。他就丢过来一句："我们不是一路人。"眼睛依然看着屏幕，手指还在敲键盘。好嘛，心里透亮着呢。

"那同路人是什么样的呢？"我问。

"到时候你就知道了。"他说。

"你有女朋友啦？"我问。

"没有。"他说，"不过我明年结婚，到时候你就知道了。"

二

过完春节，小山就带女朋友回来了。他带着女友约我去一个新鲜馆子，说是有事请我帮忙。这是我第一次见他女友。

同事们后来都认识她，但至今没有人知道她的大名。她叫什么呢？第一次见面的时候应该是介绍过的，只是我忘了，大家都忘了。因为男生叫小山，所以我们开玩笑地叫她小河，小山小河，听上去很田园家居，有老婆孩子热炕头的气氛。

一开始她是有些抗拒的，我们喊她"小河"，她还反应不过来。渐渐地，她习惯了"小河"这个名字，彻底承认自己作为小河的存在。

小河带着点儿孩子般的稚气，有那种年轻鲜嫩的美：丰润的苹果肌，水汪汪的眼睛，湿漉漉的睫毛。公司里的女人们会用美容院月卡、昂贵的化妆品艰难地维护着自己的美，和我们这种消费主义美比起来，她的美经济实惠又货真价实。

姚小姐看上去也很年轻，但姚小姐的年轻，用的是"抗衰老"护肤品，而她的年轻，用的是"保湿"护肤品。

三十出头的小山，发际线后移，黑眼圈严重，皮肤粗糙，正襟危坐。

二十一岁的小河好奇地拨弄着明太子，闭着眼睛鼓足勇气吞下生鱼片，学着小山蘸山葵，把自己辣得涕泗横流。他和她坐在一起，两者气场介于情侣和父女之间。

他开口就是："我们年底结婚。"

"你们怎么认识的呀？"我指望他说女友，没想到进度这么快，只好倒着问。

"家里介绍的。"小山说。

小山和小河是老乡，他们的村子在地图上只隔了一条河谷，能互相听到村委会的大喇叭，但从一个村子去往另一个村子，步行要足足一天，开车也要绕极远的路。

越是贫穷的地方，生活节奏越快，在那两个遥远的地方，女孩子很早就辍学，男孩子很早就去打工，他们早早结婚，早早收获孩子，有着快进的人生。

小山是那里最优秀的小伙子，高中毕业后考了一所大学，一路跌跌撞撞跑到上海。小河是那里最美丽的姑娘，又罕见地读了中专。

过年了，附近的小伙子们都回家了，每天好几场的相亲一轮一轮地过，直到她遇到了小山，这个在上海当程序员的男孩子，从此村口一枝花看上了村头高富帅。

小河对上海十分好奇，不断问东问西，问哪里买衣服，可有什么地方逛。我一一回答她。最后她问我："姐，哪里有大点儿的人才市场？"

"人才市场？"我迷茫了一秒钟。小山忙制止了她："她不知道这个的，我们回头再说。"

他对我说："她想找个工作，可我觉得这个嘛，慢慢来，不急。"我懂他的意思，小河的学历在上海能找的范围有限，急不来。

"这怎么能慢慢来？我总不能老花你的钱。"小河有些气恼，"算什么呢？一点儿底气都没有。"

"我又不是养不起。"小山一推盘子，不想吃了。

我忍不住想笑。小山这句话要是对任何一个公司里的女孩子说，那是要被群嘲的。可是面对小河，就十分理直气壮了。小河浑身上下加起来目测不超过 500 块，有着学生的朴素节俭。要养她，的确够了。

没几日，听说小河去了一家奶茶店打工，早上 7 点到晚上 9 点，赚的钱还没小山的公积金多。又过了几日，她说店长对她动手动脚。小山虽然在公司里面团儿一样好脾气，对小河倒是男友力爆棚，上门去理论，还把店长骂了。小河跟他狠狠吵了一架。

"姐，你不知道我在上海找工作多难，我好不容易做熟了一点。"她说。

"你那点钱房租都不够。"小山说，"我养你，天经地义。"

我觉得左边也有道理，右边好像也有道理。

之后小河又换过好几个工作，不是咖啡馆服务生就是皮包公司前台，间或有些礼仪小姐的零活儿——小山不许她做礼仪小姐，她偷偷告诉我。最后她决定先不工作，待在出租房考会计从业资格证，去找财务出纳类的工作。

小河不工作后，小山的气色好了不少。家里有人烧饭了，吃得比较健康，每天还会额外带水果和自制豆浆。衣服也有人拾掇了，发型有人捯饬了，千年不洗的背包换了一个，整个人都整洁精神起来。

三

小山有些害羞地问我，女孩子喜欢什么样的礼物？原来小河的生日快到了。他有些害羞，脸红红的，这是我第一次看他不是那张扑克脸。原来恋爱真的会改变一个男人。

我说耳坠吊坠、香水礼盒、大衣靴子等常规选项，他伸出一个手指摇了摇："不需要那么贵的，100元以下。"

这年头100块能买到什么？我只好推荐他去一个少女饰品店，买个可爱点儿的发圈或是梳子。我大学里的男朋友才会从这种地方买礼物。不过转念一想，她的确才毕业不久。

说他对未婚妻用心吧，100元相对他的工资真的有些寒酸；说他对未婚妻不用心吧，他还会一本正经地找我来帮忙挑礼物。

我为小河抱不平，便对他有些意见。我猜，对他来说，找个女人结婚大概不比帮我配电脑更麻烦。有人找胸大的，有人找钱多的，他找性价比高的。刚毕业的女孩子，眼界未开，遇到一个在大城市有稳定收入的男人，很容易产生崇拜。她需要大城市的光辉，他需要她的懵懂，你情我愿。

还没到年底，小河就离开了上海。她怀孕了，回老家养胎。

小河一走，他的脸色迅速黯淡下去，立刻恢复了单身汉的作息、公司食堂的饮食、油腻的头发，以及三天不换的 T 恤。

饭间他跟我聊起小河，一顿饭的时间，都是他在说她，说她有多好。我从他嘴里知道小河很爱干净，很会做饭，性格很温柔，和他的母亲相处得很好——按照他们的规矩，养胎是在婆家养。说得我不好意思起来，想来各人有各人的活法儿，送头绳儿未必不如送戒指有心。

小山说她生了个孩子，是个女孩，像她一样漂亮。小山从此两周回一次老家，见一次小河。每次回来都会有很多话。

小山说他们结婚了，五一的假期，因为有孩子，所以没出去玩，忙于应付孩子。小山说孩子不喜欢睡觉，成天闹腾。小山说孩子病了，又好了，又病了。小山说他妈妈病了，小河照顾她很辛苦。小山说家里重新盖了房子，小河忙着照应。他说了很多小河，而我却是很久没有看到她了。

"我自从有了孩子，就变得很有勇气。以前觉得死是很可怕的事，现在觉得不算什么。我为这个世界留下了孩子，她会延续我的生命。"我第一次见他如此动情，"这都是小河的功劳，她太辛苦了，太了不起。"

一年后，小山说小河又怀孕了，这次是个男孩。

"你怎么知道是男孩？"我问。

"我妈心急，带她找人测了测。"他说，"有了女儿，又有了儿子，感觉生命完整了。"

他滔滔不绝地跟我夸小河。小河一个人照顾两个孩子、一个婆婆，以及婆婆的菜园。小河很爱孩子们，养得白白胖胖、活泼可爱，辅食是自制的，玩具是代购的，也一样每天读睡前故事。

"小河很辛苦啊。"我说。

"是啊，她真是了不起。"小山继续夸赞妻子的伟大与无私。

生下儿子后不久，小山问我借钱，说是要买房，我深知这个月消费不过 500 元的程序员如何一分一分攒下他的首付款，很放心地借了。几个月后，我才知道房子在杭州，他半年前申请了去杭州分部任职的机会。对我而言，与他分别在即，对他而言，是与妻儿重逢在即，双方心境都不太寻常，彼此话都多了起来。

他对小河的夸赞也越来越丰富，说她装修监工如何勤勉，给孩子和母亲的一日三餐怎样精致，说孩子怎样健康可爱，说照顾母亲如何细腻周到，说家里如何整洁有序，满满的幸福。他的世界里，除了妻儿，旁若无物。

四

杭州和上海虽近，但我很少过去，太熟悉的地方没有动力去观光。再一次见到小山是在三年后，我去杭州公司开会。他发型穿戴比先前体面了些，做了一个很大的项目，发际线像潮水般退去。大概因为项目很成功，精神很好。

他邀请我去家里看看，他说，是小河一定要请我去。这离我上一次看到小河，已经过去了足足三年。即便我知道三年对于我们是怎样漫长的时光，我还是无法掩盖看到她时一刹那的诧异。

装修考究的房子里，我看到一个妇人向我招手。我愣着不知道她是谁。那妇人已经亲热地拉起我的手，说："姐，好久不见。"她像阳光下晒了两天的萝卜干，水分从四面流逝了，皮肤起了皱，垮垮地坠了下去，仔细看，眼睛还是眼睛，鼻子还是鼻子，从头到脚的疲惫。红颜弹指老，刹那芳华，原来竟是真的。

这是一顿普通的家宴。以我的经验，饭桌上凡有一个孩子，其他人吃饭都会不大松快，这日有两个，一个喝奶，一个吃辅食。小河照顾两个孩子吃饭，还要给我们烧菜，忙乱不迭。小山抱歉似的对我说，女人的事情他插不上手，也不会换尿布烧饭，家里的事都听小河的。

他继续对她赞不绝口，由衷地，真挚地，像是农夫赞美一匹马，她价廉物美吃苦耐劳，就像他曾经赞美给我配的那台电脑——好用，性价比高。所以他很幸福。

其实她也是。

她觉得杭州什么都好，就是整天在家里附近晃，缺个聊天的圈子，不像在老家，还能跟村里人聊一聊。

"姐，你得空了过来玩玩，陪我说几句话。"她说。

"好。"我应付着，"你有同学朋友在这里吗？"

她不好意思地一笑："她们不是在南边打工，就是在村里种地，聊不来。"

在她的圈子里，她是在大城市有房有老公有孩子的贵妇人，房子装修现代，老公能赚不花不养小三不打她，儿女双全，完美！

我突然想起公司还有好多这样的人。安安静静的单身男，过个年就从老家带过来漂亮年轻的女朋友，高效买房结婚生子。大城市的程序员 vs 老家娶的年轻女生，你情我愿各取所需，无论经济还是情感，都犹如榫卯般严丝合缝，稳定无比。

当年的顾小姐已经分分合合好几遭了，隔几个月便摆着一副过来人的眼光在水吧狂敲咖啡渣，一边敲一边说："男人靠不住呀，男人靠不住。"

这个世上很难容得下一份浪漫激烈的爱情，却容得下一对寻常的夫妻。

线　头

一、小姚

人人都说小姚的母亲是个讲究人。小姚刚出生时，家里物质条件很一般，却干净雅致：沙发上套着母亲的手工蕾丝罩，柜子上供着塑料花。茶几缺了个角，用石膏糊上，调了颜色厚厚地刷补，一眼还真看不出来——小姚父亲是个粗人，这都是母亲的功劳。

母亲永远仪态端庄，永远发型稳固，永远衣领熨帖，永远腰板笔直。家里被子叠整齐，衣服折仔细，衬衫领子对翻，长裤中缝要折出，永远有淡淡的消毒水味儿。母亲天天蹲着擦地，用她的话说："拖把怎么能拖得干净呢？"她不许家人在厨房和餐厅以外的地方吃东西，小姚偶尔被她抓到几次在客厅吃饼干，她"哎呀呀"叫起来，赶紧拿抹布擦地。

小伙伴胡美丽很羡慕她："你妈妈真漂亮，家里也漂亮。不像我妈，她上一次烫头发还是我爸在的时候呢，现在家里乱得我都不愿意回去。"小姚不好意思地笑笑。母亲是她的骄傲。她想着自己长大后的模样，多么希望自己成为母亲那样精致优雅的人。

胡美丽的父亲在独生女 5 岁的时候南下做生意去了——至少她妈妈是这么告诉她的。之后她隔三岔五会收到爸爸托人送来的小花裙子洋娃娃巧克力，都是本地买不到的稀罕货。在她上小学那一年，妈妈把她的姓改成了自己的姓。那以后她再也没收到过稀罕货。

一天晚上，胡美丽的妈妈来家里串门。母亲切了苹果，一小块一小块整整齐齐戳了小牙签端上来。小姚和人打了个照面，问了句胡阿姨好，就回卧室写功课去了。胡阿姨的大嗓门透过老旧的门板传进来，无须小姚竖耳朵，一字不落。

两个女人之前是同事，关系不错，叽叽呱呱讨论着合伙盘个店面做鲜奶生意。末了胡阿姨说"送件棕色的皮夹克给你女儿"。小姚急忙透过门缝看，只见母亲满面春风地收了，又拉着手聊了许久。母亲前脚送客出门，后脚她就跑出去看衣服。

女孩子的皮夹克，那时候还不多见：粗糙的拼接，阔朗的针脚，微微闪着光的人造皮面。不知胡阿姨是哪里弄来的，小姚看得出神。

"哪有送皮夹克给女孩子的啊！"母亲道，"还是这种颜色。"小姚感到一丝慌乱，她为自己的出神感到羞愧。

"你刚刚看到她衬衫上的线头了吗？两个线头，那么长，我最讨厌看到衣服上有线头。一个女人，出门一点都不注意形象。"母亲边说边比画，那架势不像是线头，倒像是一尺来长的蜈蚣。小姚紧张地往后躲了躲，仿佛自己浑身长满线头。

正当时，应酬结束的父亲回家了，一脸疲惫。趁着母亲给他盛小米汤的工夫，她赶紧溜回房间。

"衣服上有线头的女人是不体面的。"这是小姚对女人行为准则的第一条总结。她是个聪明的孩子，迅速从妈妈身上学习了更多的守则，诸如"领子要扣好""鞋子一定要刷白""遇人要多微笑""说话要轻声细语""不在马路边吃东西""走路不要迈大步、蹦蹦跳跳""坐着不要碰到椅子背"等。

她的鼻子像那个性格要强的父亲，长得阔朗刚健，这让她没有继承到母亲的美貌。但她继承了母亲的淑女风范，更兼她发育较快，她属于第一梯队来例假的女生，身材迅速地袅娜起来。优雅有女子形象的她渐渐成了班上受欢迎的女生。

二、班花

初二下学期，班上来了一个转学女生，石雕木刻般干净的侧脸线条，漂亮！是那种走进教室还没开口自我介绍就被人"哇！"的漂亮。她一头长发，一袭做工精良的衣裙，美得与生俱来，美得得天独厚。与她相比，小姚的美就有了死角。转学生出现之前，班里并没有"班花"这一概念，她出现之后，便有了。

走淑女人设的小姚感受到了同侪竞争。她把脊背挺得笔直，对周围的人报以更温暖的微笑、更柔美的声音。她照着少女杂志，在镜子前学着打复杂的法式发辫，直到手臂酸痛。她精心搭配第二天上学穿的衣服，学母亲的样子把衬衫熨了又熨。

尽管如此，她的努力还是徒劳了。同学们下课吃饭，都更乐意三三两两聚在班花周围。班花抿嘴微笑，周围的人也一阵阵笑起来；班花蹙眉嗔怒，周围人展露愤愤不平的神情。她想过去听听在说什么，又觉得这样屈尊降贵似的，不肯低头。

凡被瞩目过的女孩儿大多不能接受沉寂，宁愿背后指责，甚至当面诋毁，都比被人无视要好。下午活动课，小姚坐在操场边，深深叹了一口气，捧着脸似要哭出来："现在都没什么人理我了。"在那个年纪，什么事都看得比天大。

胡美丽神秘兮兮靠上来，欲言又止，最后鼓足勇气似的说："大家远着你不是为那个，是因为觉得你身上有股味儿。"

"什么味儿？"她狐疑不解。

"说不上来，怪怪的，不好闻。"胡美丽说。

小姚拉着衣服上上下下闻了个遍，什么都没闻到。回到家，脱下外套，她仔仔细细闻了个遍，觉得就是正常的衣服穿过的味道。母亲问她做什么狗鼻子似的，还不赶紧去写作业。她说："胡美丽说我身上有味儿。她一定鼻子坏了，明明什么都没有。"

母亲却如临大敌变了脸色，一把抓过她的手臂，嗅她的腋下。

母亲有狐臭，遗传。那个年代超市还没有止汗露卖，母亲从医务室配小小的药水，勤沐浴，战战兢兢地保持周身无异味。

母亲把她带到卫生间，忧心忡忡地把柜子里的药水指给她看。这种气味，小孩子是不会有的，青春期开始逐渐浓烈，到老了又会消失。可能出于某种生物上的自我保护，狐臭的人对自己的气味往往不敏感，小姚自己一直没有闻到。

母亲一脸抱歉似的看着震惊的女儿。小姚的震惊，不是来自自己有遗传病这事实，只要有药水可挡，倒不算什么大事。令她震惊的是母亲，这个她心目中优雅精致的女人——是有狐臭的。母亲这么爱干净，天天洗澡，勤换衣服，家里也一尘不染。完美女神的形象如古董花瓶掉落，碎裂一地的碴儿。

一个有狐臭的女人，在小姚心里是不可能"精致完美"的。可是再精致的女人，首先也是个人，不是橱窗里的娃娃。是人就要拉屎放屁，就会长肉冒痘，也会长癣体臭。想走"精致完美"卦，那就得首先摆脱"人"卦。

三、胡美丽

胡美丽这个人有意思，说她有心眼儿吧，她对小姚的态度从头到尾都没有改变，众星拱月时，小姚只当她马仔，如今却是唯一的贴心朋友了；说她没心眼儿吧，她见小姚母亲的时候，总是乖觉地夸她"显年轻"，而不是像其他人一样说她"漂亮"。

除了胡美丽，其他人见到母亲总要说她漂亮，当小姚的面，说的是"漂亮"，背后说的是"比女儿都漂亮"。姚家的门板薄，小姚听到的不少。以前听到这话，她自惭形秽；如今听到，却觉得有些生气了。似是埋怨母亲精准遗传了体味，却没有遗传美丽。想着想着又觉得自己可笑，母亲的狐臭也是从母亲的父母遗传得来的，并不是母亲的错。而脸，即便是不够美，该埋怨的也应该是外貌质朴的父亲，而不是母亲——但一个男人不够美，总不能是被埋怨的理由。

胡美丽说她"显年轻"，正是小姚在母亲面前永远胜出的特质。这样说既不让小姚不快，又让小姚母亲称心。

这天周末，胡美丽来小姚家里玩。

两个人开了 VCD 看周星驰的盗版碟，笑得前仰后合。母亲在厨房切西瓜。别家小孩都抱着半个西瓜吃，小姚家里的西瓜都是切得薄薄的，一片片放在盘子里，再用刀纵切成一个个小三角，插着小果签端上来。小姚是这么吃惯了的，胡美丽却觉得很不称手，先是三四个叉在一起往嘴里送，后来干脆用手抓。

母亲投来不满的目光。"斯文点。慢慢吃。"她说。放平时，小姚不会觉得什么，今天却听着分外刺耳，似是母亲唐突了她的朋友。

"女孩子坐有坐相，腿并拢坐。"母亲又说。这话是对着小姚说的，倒让胡美丽脸上讪讪的，因为她的腿分得比小姚还要大。

"你管我！"小姚气得怼回去。母亲从不会在外人面前失礼，她抱歉似的对胡美丽笑了笑，放下果盘离开。

小姚的气是恼羞成怒的气，像是便后不洗手的小孩被抓。她暗暗下决心，决不让母亲抓到第二次。

四、胡阿姨

6点半起床，7点早餐，12点午饭，6点晚餐，11点睡觉。尽管和胡阿姨合伙的酸奶铺子已经开张，母亲的生物钟，依然走老时间，精准规律，不差毫秒。

母亲很多年没有上班了，生意并没有给她的生活带来改变，她依旧每天把自己收拾得仔仔细细，描了口红穿着连衣裙去看铺子，中午回一趟家，还能抽空把地擦一遍。

正如高三并没有让小姚的生活发生太多改变。她并不是不长心的人，也会模模糊糊意识到高考对自己意味着什么。但时间再紧，她也会一大早起床一边吹头发一边想着穿什么，也会想着午饭要不要少吃一块肉减减肥，现在还要有事没事闻一闻自己是不是有味道。高中女生永远觉得自己不够完美，尤其是小姚，有体味的她已经不可能完美——像是衣服上的线头，她知道它在，她要努力藏起来。她在学校里的友善度好像回来了点，也可能没有，可能是她的错觉。

几天后，胡妈妈半夜上门了一趟。她头发乱蓬蓬的，衣服灰扑扑的，袖套上一层白石灰，脸上都是汗，在母亲面前像个苦力。不等母亲寒暄，她就嚷嚷开了。小姚躲到卧室听了一会儿，明白她是在责怪自己母亲对生意不够上心。

胡阿姨的声音很响，母亲的声音很轻，听上去像是胡阿姨在欺负母亲。所幸她待得不算久，几句话说完就出去了。那以后，母亲果然用心多了，她天不亮就起床，梳洗打扮，做早餐，半夜回来再擦地洗衣。小姚说："我上学路上随便买点儿就得了，家里也不用天天擦地洗衣。"母亲不依。这样坚持了大半年，生意慢慢好了起来，母亲却白了不少头发。她们准备去隔壁市开一个分店，母亲要跟着去考察七八天。

说来小姚自己都不信，她最轻松的日子，是母亲不在的时候。家里只有她和父亲两个人。父亲做饭很敷衍，经常是一顿火腿蒸蛋或是市场上现买的烧鸭烤鸡，再随便煮点儿蔬菜，再也没有人给她夹菜夹肉让她吃完。晚饭早点儿晚点儿时间不定，爱吃多少吃多少看她心情。她可以在沙发上吃蛋饼，可以在电视机前嗑瓜子，也可以热隔夜泡面当早餐。

母亲打电话问父女俩的状况，他们嘻嘻哈哈地说很好。电话那头的她却减不了忧心忡忡的语气。

不几日母亲回来了，看到锅盖抱怨锅盖没洗，看到地板抱怨地板没擦。听口气那边考察得很不错，母亲却说她要退股。她说太累了。

"本来也是做着玩玩，哪里知道这么吃力。我又放心不下家里。看看你们搞得一塌糊涂。"她一边擦地一边抱怨。

"妈，我们可以吃外卖。家里也不用天天搞，周末我和爸爸来收拾就行。"

"不！怎么可以天天吃外面的东西？多不干净！你们收拾得一塌糊涂。"母亲说。

胡美丽越来越像她妈，剪五块钱的男孩子头，穿一条永远不洗的牛仔裤。据她自己说已经两个月没有照镜子，洗脸也只是冷水一抹。"想考到北京去。"她说，"暑假跟我妈去过北京以后，就特别想去那儿，就是北京的大学比省内的难考多了。"

"吹个头发能耽误你多少时间？"小姚看着她雌雄莫辨的发型，撇撇嘴。

"长头发光是要洗透，就比较麻烦。不容易干，完了还要上护发素，冲完还要吹。早上还要梳头。全部加起来每周几个小时肯定有。"胡美丽说，"要是像班花，估计每天晚上还要搭配衣服想着明天穿什么，早上起床还要上个粉底修个美貌，她还烫头发，她还画眉毛，你说这是不是时间？女孩子要是都这么折腾，光这点就吃亏多了。"

"你省下来的时间也不会去背书啊！搞得你多上进似的。"小姚说。

"我不背书我能睡觉啊，我还能偷偷看电视，看完电视我心情好。心情好不行吗？我就这点时间，做了这个不能做那个。"胡美丽说。

"我爱吹头发，我吹头发我心情好不行吗？"小姚说。胡美丽笑着吐了吐舌头，没有再说下去。

第二天小姚洗头的时候，耳边神出鬼没地冒出这样的话："吹头发，真的能让我心情好吗？妈妈每天精心收拾，比胡妈妈心情更好吗？"

这天她破天荒地没有吹刘海，穿着 T 恤球鞋就跑去学校了，不穿裙子走路都快了一点，这天她到校比往常早了半小时，班里除了班花空无一人。两人会心一笑。班花毛毛头发哈欠脸，也是不打扮了。装饰是女孩子的武装，什么时候女孩子不再捯饬自己了，说明高考的战火熊熊燃起，上场已是肉搏。

高三嘛，不精致一下也没关系。大一她要比谁都美。

五、线头

小姚和胡美丽都考得不错，都考上了北京的大学。班花发挥稳定，去了上海。胡美丽学会计，小姚学财务，班花学医。鲜花一样的姑娘，在高中校门前留下高三最后一张合影。

小姚如愿以偿完成女神蝶变，胡美丽收拾收拾还能看，不收拾就呵呵呵。班花已经不是班花了，黑眼圈比眼睛大，"学医熬人"可见是真的——用班花的话说："自从学了医，年年是高三。"

熬到大四，胡阿姨来北京看女儿，顺便请小姚吃一顿便饭，算是谢她互相照应。其实那时候她和胡美丽除了每年回家会约一约，已经不那么密切了，大家都有了新朋友，何况北京这个地方，两所学校隔远点儿，谈个恋爱都算异地恋。

小姚不敢认包厢里坐着的那个女人是胡阿姨。她瘦了不少，一丝不苟的盘发下露出纤细的脖子，衔接薄薄的肩，水滴形耳坠一晃一闪。倒是胡美丽，套件洗得发白的 T 恤，脚下人字拖，胡乱绑个头发，一脸油光，说是考 CPA，已经过了两门。

"阿姨简直是舞蹈演员的身材！"小姚感叹道。

"我妈特别臭美，"胡美丽说，"都跳了两年成人芭蕾了。"

"我记得小时候阿姨倒是不怎么打扮。"小姚说。

"那时候忙啊，我一个人要弄三个店。"胡阿姨的嗓门还是那么大，她顿了顿，转个话题，"现在都雇了店长了，我放手让他们管，我就跳跳舞做做脸买买衣服，也享受享受。你妈妈现在怎么样？"

"她还好。"小姚说。她和妈妈的联系仅限于一周一次的电话，了解得并不比胡阿姨多。

"你这段时间要多关心妈妈。你爸爸不在身边，妈妈一个人一开始肯定不习惯的。"胡阿姨说。

"我妈妈说还好，爸爸只是外派半年，不是不回来了。"小姚说。

"你怎么傻乎乎的呢！妈妈是担心你，她才这么说的，不想因为她影响你找工作。她要说自己过不习惯，你会安心找北京的工作吗？"

小姚喜欢北京。

她工作了，刷了几篇诸如《如何把自己培养成一个精致女人》《民国最后一个贵族》的文字，看着那些在火车卧铺上也要换睡衣睡觉、怀孕也穿高领旗袍勒到呼吸急促的优雅名媛，很快成为自己梦想的样子：

一丝不苟的妆容，搭配得体的服装。每天亲手做便当，芦笋烤鳕鱼、南瓜小米粥、牛油果苹果酵素、冰糖燕窝碎、桃胶炖莲子，健康得令人眼红。周六上午插画下午陶艺，周末去健身，晚上看话剧，放假去旅行，随身包里永远放一支最贵的口红，一双备用丝袜——由内到外的"精致"。

"妈妈看到我这样，会很高兴吧。"她想。

　　"我特别佩服我们领导，家庭工作两不误，自己带两个孩子，还能天天贴双眼皮，每周做瑜伽。我也佩服你，你这样子才像是国贸上班的。我不行，我光是上班就精疲力竭了，下班只想睡觉。这次中秋节，我哪儿都不去，只回家休息。"又是半年不见又胖了一圈的胡美丽说。上班可恶，考试可恶，上班的时候还要见缝插针准备考试，最可恶。

　　"可我累啊。下下个月要考试，还要健身，还要做饭，还要去上陶艺课。"小姚说，边说边揉眼睛，年纪大了，戴日抛久了未免有些干涩。

　　"一天只有 24 小时，人只有两只手，想做的事那么多，总得有取舍。"胡美丽说，"我这周有个节点，你看我头都两天没洗了。"说完，她趴在自己膝盖上抱着背包打盹，"没时间就别做饭了，以后叫外卖吧！"

　　"不！怎么可以天天吃外面的东西？多不干净！"小姚脱口而出。那一刹那，她想到了母亲，也曾说过这句话。

　　"我妈说，人要安身立命，就要有硬功夫；人要悠闲自在，就要有软功夫。文凭学历专业能力，这都是硬的，用来吃饭；插花瑜伽打扮烤蛋糕，这都是软的，用来锦上添花的。把硬功夫练好了，你怎么玩你的小布尔乔亚（小资产阶级）情怀都没关系，你别被人忽悠傻了。"胡美丽埋着脸，迷迷糊糊地说，"教男人努力上班攒钱，教女人努力消遣花钱，智商税，哦不，时间税，可比智商税厉害多了。"

　　小姚心中一动，想说什么，又没说出来。

　　她也想打盹，可是不行，闭上眼睛，睫毛膏会晕。她深深怀疑自己这么累是为了什么。为了对自己的严格要求？为了同事的赞美？抑或是为了实现母亲给她的人设？抑或潜意识里她总觉得自己臭臭的——那根要努力藏起来的线头。

火车安静地行驶着，两个人各自有各自的昏昏欲睡。

小姚回家是为了看母亲。父亲走后，她在微信上问母亲在干吗，母亲的回复颠三倒四。有时候是下午两点吃午饭，有时候是晚上十点吃饼干。"我还不饿，一个人随便弄点什么就好。"

问她干什么，她说"陪猫玩"。"你养猫了？""嗯，朋友不要的，我拿来养着。"

小姚修了头发，化了淡妆，戴着美瞳，穿着绝无线头的衣服，十点半才到家——青春期至今，她从不想在母亲面前输阵。

打开门，母亲穿着睡衣躺在沙发上玩 iPad 小游戏。她懒洋洋地歪着，小腹有了赘肉，家里也不比往日强迫症般整洁。毯子搭在沙发上，逗猫棒挡道路中央。她似乎很享受这种闲适："家里三个人的时候，不想吃饭也要准备，也要到点叫你们。现在我一个人了，想什么时候吃就什么时候吃。你饿了吗？我煮了粥，一起吃晚饭。"

那一刻，小姚心里空荡荡的。好比你曾经遇到过一个强大的对手，你磨刀十年终于练就一身武艺可以战胜她了，她却金盆洗手归隐江湖。

"下周我跟你胡妈妈去新疆玩，要不要给你带东西？"母亲一边盛粥，一边问。

"不用了，我下周开始要全力准备考试！"小姚说。

或许，衣服上偶尔有一根线头，也没什么大不了的，只能说明她暂时有比剪线头更重要的事去做。

童话故事

一

　　大家都说阿雅是个很有福气的女人：老公阿青虽然出身很苦，但很有志气，名牌大学理工科出身，先考上公务员，之后和家里狠狠吵了一架，跳槽出来去外企做技术，一步一个脚印，从基层做起，慢慢做到技术高管。

　　阿雅曾经是个半吊子销售，经常要出差，工作很辛苦，生双胞胎后辞职在家专心带孩子。阿青是个很稳当的男人。公婆又远在800公里开外，家庭收入比上不足比下有余，一切都美好。

　　不过，阿雅有阿雅的烦恼。

　　她费尽力气把孩子送到最好的国际幼儿园，一不小心送得太好。幼儿园是瑞典人开的，里面都是外国籍小朋友，就算黑头发黄皮肤的，也仅仅是华裔而已。

　　阿雅当年把孩子生在香港才能进这里，当初为了孩子的身份费了好大力气——似乎什么事情只要和这两个孩子搭上关系，就没有不费力气的。她的力气都费在孩子身上了。

瑞典人开的幼儿园，和国人开得很不一样，特别喜欢上纲上线。讲个童话故事，老师会把里面的白雪公主换成黑人小姑娘；儿童节婚礼 cos，老师让两个女孩扮演一对。

家长日参观，阿雅看到男女混杂，一堆一堆在玩玩具，女孩子也有玩飞机坦克的，男孩子也有玩过家家的，每过半小时换一轮玩具。自己家的大毛二毛一个在给洋娃娃梳头，一个在用毛线钩花。

当时人多，其他家长也都是有头有脸的人，阿雅有些怯场，不好意思说什么，回来就跟老公抱怨开了："男孩子玩娃娃，娘里娘气像个什么？家里给儿子买的都是翻斗车乐高，一年 20 万的幼儿园倒去给孩子玩这些。"

阿青看了一眼大毛二毛，他们似乎又长大了些。自从有了孩子，他便觉得日子过得飞快，一眨眼会走路，一眨眼会说话，一眨眼上幼儿园。

他听着阿雅的抱怨，一口一口扒饭，眉头一点一点皱起来。工作已经很烦躁了，回到家又要听这些。月薪两千的时候，他以为月薪一万是天堂；月薪一万的时候，他以为买房买车是人间极乐。一切都有了，烦恼却只多不少。

他对阿雅的感情有些复杂，相比老家那些女人，阿雅在他最艰难的时候跟了他，不离不弃，是有过大恩的；相比公司同事的太太，阿雅学历不高见识不广，诸事上不得台面，有些带不出手。

但阿青是个不忘初心的人。因为体谅她的不足，不勉强她出去和太太们打交道，只是鼓励她多看新闻多上网，也很愿意让她花钱去学些东西——虽然阿雅总是抽不出时间来，这就不能怪他了。他自己勤勤恳恳赚钱，安安分分回家，能在家里吃饭绝不出去应酬。他对阿雅有抱怨也只是埋在心底，顺着菜汤囫囵咽下。

阿雅听不懂他在公司的烦恼，理所当然他也不必听阿雅的烦恼。20万学费的幼儿园在哪里都是一等一的好，没道理抱怨。他这么想着，把汤底喝光了。

吃完饭，阿青去洗澡。阿雅一直在喂小孩，自己没怎么吃，匆匆忙忙扒了几口，去给小孩切水果。吃完水果，要做幼儿园的作业，讲故事、做手工、唱儿歌一个不少。

"现在的幼儿园，一个小孩的功课倒要赔上一个大人的工夫，竟不知是小孩上学还是大人上学。"阿雅说。她的意思是，一个小孩要一个大人的工夫，那他们两个小孩自然要两个大人的工夫。

可惜阿青泡在浴缸里刷新闻，并没有听见，或是听见了也假装没有听见。今天阿雅饭后的功课是讲故事，讲完故事，再给孩子洗澡，然后哄着睡觉，这一天就算是熬过去了。

今天要讲的是王子杀了恶龙拯救公主的故事，不过瑞典幼儿园就是麻烦，要家长把王子和公主的性别对换，说是"防止孩子在性观念形成的早期形成刻板印象"，也就是说，今天要讲一个公主杀了恶龙，拯救王子的故事。阿雅只好晃着脑袋瞎编。

二

"在遥远的地方，有一个富饶的王国。老国王只有一个孩子，就是他美丽的，不，帅气的小王子。有一天来了一条恶龙，抢走了小王子。国王很伤心，说，谁能杀死巨龙，抢回小王子，我就把小王子，啊，我就让 ta 和小王子结婚。"阿雅觉得这个故事拗口极了，为了家庭作业，不得不磕磕绊绊编下去。

"巨龙为什么要抢走小王子呢？"大毛问。小毛并没有听故事，他抓着手绢在嘴边噗噗吹起来，吹得阿雅一脸口水。

房间里静悄悄的，阿青大概泡在浴缸里睡着了。阿青是很喜欢孩子的，她毫不怀疑这一点。虽然他不喜欢给孩子讲故事、给孩子换尿布、给孩子穿衣服、陪孩子说话、带孩子上医院，但是，如果心情好的话，他很乐意抱一抱孩子软软的身体，用胡茬子扎一扎他们嫩嫩的脸蛋。

"为什么要抢走小王子呢？"阿雅不知道。抢公主可以做压寨夫人，抢王子算什么呢？

阿雅想起自己的童年。她出生在距离这座城市很远很远的地方，是个相当富裕的乡村。村口有树，村里有祠堂，村边有小溪。

那里的人都喜欢男孩子。阿雅是家中的二女儿，她有一个姐姐很多个妹妹，二十岁时才有了弟弟——只比大毛二毛大两岁。弟弟出生那天，一家人都很开心。她的母亲带着骄傲而疲惫的笑；奶奶一把鼻涕一把眼泪亲吻着小弟弟的小鸡鸡，感谢"老天有眼，前世积福"。

"因为恶龙没有孩子，他想要小王子用他的姓，继承他的山洞，当他的孩子，这样恶龙就可以一代代流传下去了。"阿雅努力编下去。

"这时，从东边山头来了一百个女骑士，啊，女骑士这种是很少见的，你就当是一群女侠吧。女侠见义勇为，对国王说，我们来帮你杀掉恶龙。国王很高兴，说，谁能把小王子救回来，我就把这个国家的财宝都送给她，并把小王子许配，啊，不，让小王子和她结婚。"

"结婚？如果女侠不喜欢小王子呢？"小毛刨根问底起来。

"女侠想要财宝！"大毛说。

"那她就不是好人了！"小毛说。兄弟俩说着说着吵了起来。

"还想听故事吗？"阿雅说，"女侠是为了正义去救人的，不是为了钱财，也不是为了王子。"

"她们骑着马，渡过九十九条河，翻过九十九座山，打败九十九个妖怪，去寻找恶龙。九十九个女侠被恶龙吃掉了。最后找到山洞时，只剩下最后一个最强大的女侠——"用强大形容一个女人，听上去不那么习惯，阿雅想。

"她钻进黑暗的山洞，越爬越深，终于，她来到山洞的中心。帅气的王子坐在那里，他的皮肤像牛奶一样柔滑，他的眼睛像星星一样明亮。她只看了他一眼，就深深地爱上了他。"

阿雅觉得这个故事不仅仅是别扭了，忍无可忍，纠正自己道："不不，女侠只是觉得王子很可爱，并没有爱上他。"

"可爱不是可以爱的意思吗？"大毛问。

"不能字面理解哦。可爱是美好又柔弱的意思，不强大又美好的东西，是可爱的。比如小猫、小狗、小孩，以及某些受欢迎的女人。"阿雅说。

大毛听到"小孩"被定义为"不强大"，噘着嘴有点不太乐意："大毛不可爱。"

阿雅忍不住笑起来，摸摸他毛茸茸的脑袋，说："等你长到爸爸那个年纪，就不会有人说你可爱了。"

阿雅接着讲故事："女侠对王子说，我救你出去吧。这时恶龙出现了。黑色的恶龙，长着长长的獠牙，鼻子里冒着烈火。女侠举起剑，和恶龙大战三百回合，不分胜负。最终女侠使出最后一分气力，刺中恶龙的眼睛，恶龙化作一股青烟……"

阿雅突然觉得下身一阵坠胀，对双胞胎说："你们等下妈妈，妈妈想上个厕所。"可能是晚上吃了海鲜，又喝了热茶，肠胃不适。

她坐在马桶上任秽物奔腾而下，腹痛却没有消失。

砰砰砰！"妈妈！妈妈！"小毛大力敲厕所门，打断了她漫无边际的回忆。这个年纪的孩子像是刚孵出来的小鸭子，离不开人，妈妈走到哪里他跟到哪里。爸爸在主卧浴室里泡澡，孩子们从不会想到去找他。阿雅叹了口气，把门打开一条缝，让自己出现在孩子视线内，这样能让孩子安静下来。

大毛小毛一齐围上来，叽叽喳喳围扒着门问这问那："恶龙死了吗？恶龙还会回来吗？"孩子们的力气越来越大，厕所的拉门被拽得一晃一晃的。

"说过多少遍了，不要这样整个身体挂在门上，门会坏掉的。"阿雅说。

孩子们并不理会，有节奏地晃起来，这比幼儿园的爬墙梯好玩多啦！

"恶龙只是逃走了，它还会回来的！如果小孩子不听妈妈的话，恶龙就会飞过来把不听话的小孩抓走。快放手。"阿雅大声说。

"后来呢？后来呢？王子获救了吗？"小毛问。

"女侠带着王子回到了国王的领地，得到了许多许多封赏和荣耀。所有王宫贵族都跑来给她献花，讴歌她。她向王子求婚了，在国王的见证下，他们举办了盛大的婚礼，从此女侠和王子幸福快乐地生活在一起。"

阿雅坐在马桶上，忍着腹痛，一边想着正版的王子救公主的故事，一边努力把它"翻译"成性别反转版。

"不是说女侠没有爱上王子吗？"一直不吭声的小毛问。

"嗯嗯，女侠在护送王子回国的路上，发现王子是个帅气善良的人，嗯，对，善良，就爱上了他。然后嫁给他，变成了他的王妃。"阿雅想赶紧把故事结束。

显然这个答案没有让孩子们满意。

"那她还当女侠吗？"小毛问。

突然手机响了。

"大毛，你帮妈妈拿一下手机。"阿雅说。是婆婆来例行问候今天小兄弟俩过得怎样。阿雅一边忍着腹痛一边应付着。

三

她记起来这种腹痛了。

五年前她第一次坐飞机去国外，飞过高山飞过大河，来到一家医院。两周后长长的探针刺穿她的腹部。她扭头去看显示器，一个个小泡泡接连瘪了下去。突然小针拐了个弯，"啊！"她疼得尖叫起来。认真算起来，这是她第一次见到大毛和小毛的二分之一。之后她就虚弱地睡了过去。

阿雅想起那时她从国外回来，是家里最珍贵的人，因为她腹中有两个男孩。"还是国外技术好，生男生女随便选，一个两个有的挑。"阿青的母亲喜气洋洋。全家人沉浸在迎接新生命的欢欣气氛中，她的情绪也被带动起来了。五花八门的婴儿用品堆满了房间，给人一种希望，像是听成功学讲座后的亢奋，无时无刻不感染着她。

等孩子生下来，她就更荣耀了。上大学的小姑子笑她"头胎生了双生子"，她晕晕乎乎地也接受了，姑且就认为这是"头胎"吧！

所有人都夸她，婆婆说："阿雅很厉害，奶水很足，两个孩子都够吃。"

公公夸她："为我们老王家立了一等功。"

阿青夸她："很有本事，双胞胎都是顺产下来的，又快又好。"

她把微信 ID 从"海边的阿雅"改成了"毛毛们的妈"。

所有人见面三句离不开"孩子怎么样？奶够不够？"送的吃的用的都是给孩子的东西，连她自己生日都被朋友送了宝宝辅食研磨器。

"多吃点鲫鱼汤，下奶。"

"不要烫头发，那个药水对孩子不好。"

"母乳一定要保持好心情，否则奶水里会有毒。"

她恍惚觉得自己消失了，作为"阿雅"的自己找不到"阿雅"了，取而代之的，是那个作为母亲的"毛毛们的妈"。阿雅去哪里了呢？偶尔她会这样问自己。活着的，是妻子的阿雅，是母亲的阿雅，阿雅的阿雅，从此消失了。

婆婆客气地问了几句，和孩子们打了招呼。挂了电话，她起身准备给孩子们洗澡。

小毛还锲而不舍："那她还当女侠吗？"

"谁？"她问。

"那个杀龙的女侠。"小毛说。

"哦哦，"阿雅回过神来，"她是王妃了，她和王子幸福快乐地生活在一起。"

"后来呢？"小毛问。

"后来，后来老国王死了，王子成了国王，她就成了王后。"快点让该死的故事结束吧，阿雅懊恼地抓着头发，无论如何，一个强壮女人冒着生命危险救了一个可爱男人还要嫁给他，这太不可理喻了。

"后来呢？"大毛追着问。

"哪有那么多后来啊？后来王后生了公主和王子，幸福快乐地继续生活。"阿雅有些不耐烦，不过她是温柔的妈妈，不会表现出来。

"后来呢？"大毛和小毛接着问，"王子和公主怎么样了？"

阿雅看穿了，这是孩子们不爱洗澡的拖延战术。

"公主长大就离开家，去做女侠，像她们的妈妈一样行侠仗义，王子就留在王国守护他们的国家。说完了，快过来洗澡！"

"后来呢？后来呢？后来呢？后来呢？"小毛接着问，一边问一边笑得乐不可支。倒不像是真的想知道故事的后来，而成为抬杠的一种方式了。

"后来王子被恶龙抓走了，一百个公主去救王子，九十九个被恶龙吃掉了……"大毛非常聪明地把故事编成了永动机。

阿雅试了试水温，有点凉。她是懂科学的好妈妈，她知道孩子的洗澡水温不宜过高，虽然她自己很怕冷。

之前她也是不怕冷的，直到她有了一次小产，骨头和肉像筛子一样是中空的，扇扇子的风都能将她吹透。老人家说小产的身子要再一次生养才能恢复，可她生了大毛小毛很仔细地坐月子，也没见身体强健起来。

"她要是长到今天，该上小学了吧。"阿雅想，"都怪阿青，他要是早点儿辞职就好了。"

那时候阿青还有公职在身，政策又抓得紧，只能生一个孩子，否则单位要开除他。阿雅一怀孕，全家人都焦虑得不行，好在广州离香港近，阿雅直接去香港验了血，三千港币，两月可验。

是个女孩。

回来后阿雅有些后悔。如果不去验血的话，那个女孩今年也该上小学了。但家人都很高兴，都说"幸亏查了一查"。之后发生的事她就难控制了，一想起来，她又感到一阵腹痛。疼痛是一种记忆，剜肉剖心的感觉，只要有过一次，哪怕皮肉已经长好，大脑也不会忘记。

"一百个公主救王子，九十九个被咬死。还有一个当王妃，生了公主和王子。"大毛即兴编起了儿歌。

"一百个女侠救王子，九十九个被咬死。"小毛也跟着哼起来，跟错了词。

阿雅看着儿子露出了欣慰的笑，两个孩子永远都不会有这种痛，真好。

两个孩子一边哼自编的儿歌，一边打起水仗来，泼得阿雅满头满脸。小毛实力略逊，被大毛占了上风。阿雅挥着手，张牙舞爪地加入了这个游戏。

大毛喊："恶龙回来啦！来抓小孩啦！"

小毛是个跟屁虫："恶龙回来啦！恶龙回来啦！"

三个人嘻嘻哈哈打成一团。

六千八的衬衫

一

小文公司楼下就是商场，这对她来说是一种折磨。吃完饭她总是下去遛一遛，看着大几千的丝巾好几万的衣服，一遍遍发出绝望的感叹："这些人的钱都是怎么赚来的啊！"

老周说"女人就是喜欢买衣服"，很贴切。小文喜欢的就是"买衣服"而不是"衣服"本身。她喜欢千挑万选做决定后的喜悦，喜欢刷卡后拿到新衣服一刹那的期待。衣服付款后，开封前，是她最快乐的时刻，正如周五的心情总是胜过周日。

小文想得很明白，青春那么短暂，不趁年轻买衣服，到垂垂老矣，哪怕拥有一整柜的华服，又有何用？看看，哪一个微商不在说"女人要对自己好一点"？抠抠搜搜的时代已经过去了，新时代的女人，当然要心疼自己。

这天她看上了一件衬衫，颜色简洁、款式新颖、剪裁别致，忍不住试了下。看材料平平无奇，百分之九十五的棉加百分之五的氨纶，好就好在设计和做工。生孩子后她腰粗了一圈，这衬衣衬得胸更大肚子更小，十分难得。她闭上眼睛翻价码牌，六千八，柜姐说新款不打折。放平时，以她的消费水准，一定放下衣服就走，但今天她舍不得。

今年她亲手操刀了一个大项目，虽然说起来她头上还有一个上司，但活儿基本都是她干的。这个项目把她累得脱了一层皮，医院都进了好几次，中医西医一起上，一会儿睡不好一会儿心悸一会儿头痛，医生说："你这是累的，要多休息啊。"

她累得内分泌失调，火气特别大，回家就跟老公发火："这不废话！我要是休息了，哪有钱看病啊？"老周抬杠了句："你要是休息了，也不会得病了。"被她瞪了一眼。

好在天遂人愿，付出终有回报，这个项目做成了。按照惯例，有出息的项目要在公司内部大大地汇报，让其他项目组的头头脑脑也学习学习。

"我自己都不知道怎么成的，整个一莫名其妙。要我说实话，唯一值得汇报的，就是上项目前一定要去拜一拜！斋戒三日沐浴焚香，诚心诚意发愿。"小文开玩笑说。

"你周五就这么汇报呗。"老周一边给孩子剥虾一边说。

"唉，别的还好忽悠，最大的问题是……"

"啥？"老周问。

"我没衣服穿。"小文一脸严肃。

二

周五大领导要来。这个项目本来应该是她的上司，也就是项目总监去做汇报，这样她穿什么都行。但这事儿实际上是她一手办的。现场来听报告的都是人精，万一答不上来这就太难看了，所以上司赶紧装出一副虚弱的样子，说是累病了，让小文代为报告。

这是小文这种级别的小喽啰第一次向大老板以及高层做汇报，而大老板是个非常有品位的文艺中年，穿什么就很重要了。

她好久没买衣服了。孩子一落地，吃穿用度都是钱。生孩子后，她就没怎么买衣服，一是舍不得，二是老想着"等我瘦了再买"。

"买！"老周很豪气。

"我看上的衣服，要六千八。"小文心虚地说。

老周没搭话，接着说"买"吧，他们也就工薪阶层，违心；不买吧，老婆半年没买衣服了，而且是工作需要买件好衣服，而且老婆刚刚做了那么大一个单，他要是让她买件便宜点的，就是一个话柄。当初也是这样买过一件便宜大衣，被她翻来覆去说了三年，并且还将继续说下去。

女人买衣服，越舍不得买的越想越喜欢，永远是心里的红玫瑰；要是到手了呢，穿久了也就那样，都会变成蚊子血——他是个生活经验丰富的男人，很懂。

"你看着办吧。"他说，想了想又补充道，"别心疼钱，你开心就好。"

小文也是个经验丰富的女人。她知道这是"我想不同意但我不想跟你吵架"的意思,刚刚聊工作的劲头就恹了下来。

这时孩子在客厅哭起来。小文着急去抱孩子,起身带翻了小半碗剥干净的虾肉。碗摔碎了,声音很大,孩子哭得更响了。

有那么一刹那,她觉得要是现在还没结婚就好了,要是老公还是男朋友,八千八也屁颠儿屁颠儿上供。可是男朋友成了老公,收入多了,花钱反倒抠抠搜搜起来。

老公也在想,要是没结婚就好了。单身的时候他一个月能攒七八千,打游戏打到天亮都没人管,现在下班一堆家务,手头紧巴巴的,烟都戒了,攒奶粉钱。

三

小文得到线报,说项目数据很好看,大老板要好好提拔她。她很高兴。中午同事姚小姐又跟大家谈一番着装之道,顺便展示自己新买的包,弄得她自惭形秽。这一高兴一不爽,冷热相激,一股热气从丹田上脑,她等不及电梯,走楼梯下去就把衬衫买下来了,刷卡的时候手都没抖一下。

晚上她把衣服穿给老公看。老公先是一脸讶异,因为他当初让她"买"的时候,只有一半是真心,还有一半是家庭博弈——他以自己对老婆的了解,他赌小文舍不得买这件衣服,赌自己能不花钱表现出对老婆的疼爱。

现在他赌输了,但赌输了不能表现出丧气,钱都花了,再闹别扭就太亏了，一定要高兴！把这六千八的愉悦感最大化！"不花冤枉钱，不生冤枉气"，这是一个已婚男人的生存智慧。

于是他左夸右夸，一边说老婆这么多年一点儿没变，一边说衣服有品位，特别衬托老婆的肤色，夸得小文脸红红的。他夸完麻利儿去切菜烧饭，继续最大化老婆的愉悦感，争取把六千八的愉悦感夸到一万加。就是切菜的时候手抖了下，食指拉了一道口子，他都没觉得疼，毕竟心疼得已经麻木了。

小文心情变得极好，对孩子也特别有耐心，吃完饭还去洗碗，洗了碗还切水果，然后喂孩子吃水果，给孩子讲故事。她一温柔吧，孩子也特别懂事，不哭不闹，乖乖听故事，听完早早睡觉。

两个人都神奇于这晚上难得的静谧与美好，老公觉得老婆今夜特别温柔，老婆觉得老公今夜格外体贴，恍惚又有了刚结婚的感觉。两个人同床同梦，觉得钱真是一个好东西。

周五的报告会非常顺利，小文吹得天花乱坠，对答如流。反正项目成功了，她说什么都有人当真。看着台下的人正儿八经拿小本本做笔记的样子，她忍不住要笑出声。大老板对她留下了深刻的印象，还拍着小文上司的肩膀说要好好培养这个有前途的年轻人，要提岗，要加薪。

大老板日理万机，当夜吃完晚饭就飞回本部。小文一边负责项目的维护，一边筹备新项目，回到了之前安静又忙碌的日子。只是有点太安静了，一点儿杂音都没有。

憋了一个月，她忍不住找上司打听，项目做成了，那个说好的提岗呢？

上司打哈哈："钱的事情，主要看总公司的决定，我这边做不了主。年终奖里面肯定会有体现的，这个你放心。"

小文一听，这事儿完蛋了，只好敞开说，工资是工资，年终奖是分红，这不是一个体系的。她要的工资，工资涨了，社保医保公积金才会涨，不是一点点小钱的问题。更重要的是，工资和级别是挂钩的，她要的是级别升上去，这是职业道路有没有前进的问题。况且这个项目是品牌形象项目，不是赢利项目，赚的是口碑不是钞票，分红能分几个钱？

上司接着哈哈："这个也要总公司说话。"

小文扭头就走，去找神通广大的包打听姚小姐问。姚小姐不留痕迹地把话透露给她了，翻译过来的意思就是：你上司自己的级别和工资都上去了，但没你的份，吃酒分肉已经结束，你没戏了。

小文气得发抖，时间还没到就下班了。回到家，先把衬衫脱了换上居家服，坐在那里生闷气。别的犹可，她一看到那件六千八的衬衫就心疼，越看越不顺眼，塞进衣柜里把衣柜门关上，还觉得那件衬衫长了眼睛似的在里面暗中嘲笑她。偏偏这天老周难得遇到点事儿，下班晚，让她去接孩子。

"你明知道下午有事不能早点儿说吗？本来顺路的事儿，现在我衣服都换了妆都卸了。"她有些暴躁。

"我不知道你这么早下班啊，你一般不是六点半下班吗？接个孩子化什么妆？"老周说。

小文气得差点把电话摔了。错就错在老周说得没错，他要是说错了，她骂他一通也好有个出气口，可是他一点儿没错，她的气在体内冲杀突击没处发泄。

屋漏偏逢连夜雨，素颜小文看到前塑料花同事小丽也在接孩子，不得不硬着头皮寒暄几句。

"女人还是上班好，像我整天待在家里，吃吃睡睡，家里除了保姆没有别人了，闲得发慌。还是你家老周好，人老实，又顾家，我老公整天在外面应酬，忙都忙死了，今天又要去陪××的李总吃饭，唉——"这夹枪带棒的一通话下来，小文笑得脸僵，如果她皮肤弹性再好一点的话，大概现在会变成一条鼓起来的刺豚鱼。

四

老周一脚踏进家门，看她睁眼睛躺在沙发上，孩子在旁边聚精会神玩 Pad，就知道气氛不对，先说了一会儿好话，再说单位发了高温费，接着说孩子最近在幼儿园表现不错，老师夸了，然后说，老婆，你最近有点累，要不要周末我们去吃一顿、附近玩一下？最后小心翼翼地问她工作怎么样。小文这时已经像一只充气七天的气球，气都一点点放掉了，仅存的那点气也是"有气无力"的气，她一字一顿地说："我不干了，我要跳槽。"

她是个很有魄力的人，当初老周也是看上她这点，这个女孩子"虎虎"的，有生气。

第二天，她就去找当年一起进公司的同事吃饭，这人叫小吴，两年前跳槽到了另一家小公司。小公司里，这位同事要学历有学历要履历有履历，老板很倚重她，升得也特别快。然后她嫌小公司不稳定，刷够经验值后又回另一家大公司。这一进一出，好比同样的时间多打了几个高级副本，装备等级噌噌涨，现在职位就比原地勤勤恳恳的小文高了不少。

同一年毕业同一年进公司，又是校友，两个人先忆往昔峥嵘岁月一番，没等她开口，小吴就说："我这儿缺个人，你要不要去我以前的老东家？"感觉仗还没打，对方就举了白旗，这顿饭吃得神清气爽，好像吃的不是饭，是满满的元气。

吃完饭，她走路也有劲儿了，脸色也红润了，上班也有精神了。小吴开给她的价码，让她彻底肯定了自己过去的三十年，考高中考大学找工作做项目，勤勤恳恳没白费呀。

过了几日，她麻利儿辞职了。老周问她怎么不等年终奖发了再走，她说那点儿蚊子腿看不上。

新公司上班三把火，六千八的衬衫也挖出来穿上了，很上档次。她在洗手间听两个女同事叽叽咕咕说她穿得好看，心中很是得意，当她们讨论那件衬衫"起码要四位数吧"，她觉得自己有点儿便秘了。然而这件衬衫只穿了半天就毁了，新公司的办公室空调不是全自动温控，水笔不够高级，秋老虎暴热了三天，水笔漏油，胸口就污了几滴。

新项目比较 low，同事也不怎么样，公司离家还远，停车费还不给报，好在给钱多。三把火烧完了，她很快意识到小公司和大公司的差别。在原单位两个人三天能干成的事儿，在这里起码要四个人干一周，干得还没那边好。每天不是这个交不上差，就是那个出了差错，连最基础的东西也要她手把手教，出去谈判，甲方对她的态度也大大不同。

一心烦，她就买衣服，买一件衣服，透一口恶气。反正工资高，几千块刷得下还得起。几个月下来，收入扣掉买衣服的钱，算一算，竟然赚得比之前还少了。

她买衣服的时候是高兴，可随着衣服越买越多，高兴的时间越来越少，就跟抽鸦片上瘾似的，越抽越多，间隔时间越来越短。日子看上去是越过越爽了，实际上冷静下来越想越不对——这时候她已经控制不了自己的手了。

衣服上档次了，鞋子不能渣，一身牌子了，说什么也要攒个说得过去的包。几万块的包里化妆品不能输，彩妆用大牌，护肤品用得差也说不过去。"买买买不就是女人的天性吗？"

家里的钱是小文在管，但老周不傻，渐渐地发现了端倪。夫妻吵架经常没什么道理可言。

老周特别委屈，说我烟都戒了，你几千几万地买东西，你一个包我能抽几年的烟了。小文说你抽烟伤身体，真不如买包了，你不还玩摄影吗？我烧个包怎么了？老周说我去年一年才花了六千多，打折买了个二手镜头。小文说我当初买大衣，一千多的你舍不得，买了三百多的。老周说我就知道你还记得这茬儿，这都多少年了，那时候孩子都没有。小文说你也知道孩子，我生孩子差点没命，你连个包都不给我买，你看看人家姚小姐，多少包！老周说，姚小姐能比？人家披麻袋都是仙女。于是小文就气炸了，孩子大哭，一地鸡毛。

"女人啊，可不能委屈自己。"小丽发了朋友圈，配图是太太下午茶，配雪蛤燕窝粥，精致。小文深表赞同，虽然并没有点赞。

五

姚小姐来找她喝茶，说："咱们公司搬家了，各部门都要扩招，原来的地方不够用了。"

"之前说是搬郊区去？鸟不拉屎那地儿？地铁都没通。"小文说。

"下下个月就通了。"姚小姐说。

"那不错。原来的地方不行，楼下遛一圈，花钱如流水。我都没攒下钱来。"小文说。

姚小姐是来找小文出山的。公司缺人缺得厉害，小文走后人仰马翻，领导颇有些后悔。现在要新上一批项目，又要扩容，又要招人，派相熟的姚小姐来探探口风。

小文一听来意，心中一动，说："我不是不想回去，我真缺钱。实话告诉你，这儿的钱我都不够花。"

姚小姐意会："这个嘛，你自己跟老大去谈。"说完使了个眼色，慢悠悠道，"什么价合适我也不知道，我就是个传话的，你自己去官网看看招人是什么价位，再乘以这个数，就有数了。"她伸出两个手指。

小文苦笑道："哎呀，你这人真是。咱俩这么多年了，人家把你当自己人。我说的是心里话。我也不知道为什么，就是收不住手买衣服鞋子包，手里存不住钱，卡债还不少呢。我觉得心态有点儿问题了。几天不买东西就百爪挠心。我可能需要找个心理医生看一看。你有过这种情况吗？"

"买东西让你高兴吗？"姚小姐问。

"高兴，特别高兴，整个人都兴奋。买完一整天都是嗨的。"小文说。

"嗨多久？一天？一个星期？"

"三四天吧。"

"半年后还嗨吗？"

"特别丧气，扔又舍不得扔，穿也穿厌了，特别心疼钱。"

"有别的事儿能让你这么嗨吗？"姚小姐问。

小文愣住了。

"你有啥爱好没？特别喜欢的，玩儿一整天都不腻的。"

小文搜肠刮肚，想不出来。老周喜欢玩摄影，拍鸟拍鱼能站一天。孩子喜欢看《小猪佩奇》，一个人也能看一天。就连狸花猫阿花也有喜欢的东西，能钻纸箱钻一天。可是她喜欢什么呢？

上学的时候，她是好学生，上学念书放学写作业。工作了，她是好员工，上班干活下班考证。她没有什么特别的爱好，也从来没发现自己需要一个爱好。

"人，需要一点喜欢的东西。你想你上班的时候是经理，做家务的时候是老婆，带孩子的时候是妈妈，你只有做自己喜欢的事情特别乐在其中忘我沉浸时，你才是你自己。"姚小姐认真地说。

"我，喜欢 shopping。"小文犹犹豫豫道。

"你家老周喜欢拍照，他练习摄影时，能享受到快感。唱歌跳舞运动都有快感。但 shopping，是门槛最低的快感收获方式，你不需要练习，不需要掌握技巧，只要花钱就可以得到。你不是在买东西，你是在买快感。你花了这么多钱，扪心自问，你现在开心吗？不买这些你真的会难过吗？楼下码农堆里的小圈你认识吧？人抠门抠门的，买咖啡都只买清咖，你觉得她因此难过吗？"

"就因为清咖便宜两块钱？"

"她说清咖比较难喝，她能嘬久一点儿。"姚小姐说。

"你要管理你的快感，找个不烧钱的爱好，把快感的反馈机制改一改。类似戒烟，你得吃巧克力，嚼口香糖，对付对付嘴巴。"姚小姐款款道，"钱还是要攒的。女人本来消费就比男人高，这已经很吃亏了。你要是没结婚，整天忙着赚钱忙着花钱，也不知道在给谁忙，左手进右手出，好不容易赚下来的钱又给人赚了去，自己连个防身的钱都攒不下来。真心找个靠谱点的爱好消化下吧。"

小文想了想，问："你呢？你有什么爱好？"

姚小姐戳戳沙发上的风琴包："我喜欢买包，看到就停不下来。"

"那你还说我……"

"我不一样，"姚小姐嫣然一笑，"我又不差钱。"

六

三个月后，小文已经在郊区的办公室办公。地铁站出来，满目废弃的农田、灰头土脸的在建工地、一望无际的共享单车、开突突车揽客的拆迁农民。和闹市区比，这里的天空很空旷，心情也是。小文的购物欲不但没有消减，反而有愈演愈盛之势：她在四大行买了理财产品，给自己和老公买了保险，准备明年凑一凑钱去买一套老破小。

当初老周还是叽叽歪歪了几日的，她放老周去买了个新相机新镜头，算是大家扯扯平。老周心知肚明，给她买了点小礼物算是握手言和，从此赚多少花多少，各自收手。

她没什么理财概念，也不觉得房子一定会保值。她只记得那天姚小姐问她："你买贵的开心久一点，还是买便宜的开心久一点？"她的回答是"越贵越开心"。她还没找到真正的爱好，不过她已经开始寻找，寻找让自己真正开心的东西。

六千八的衬衫她还是很喜欢穿，污渍洗淡了，胸针挡一挡就好。用老周的话说："再贵也是人穿衣服，不是衣服穿人嘛。"

三十岁处女

何小满，是一个 30 岁的处女。

一个 20 岁的处女会被认为是值得赞美的，但如果到了 30 岁还是处女，评价就会变得比较微妙，起码不受推崇。

她对性很好奇，但对坚守 30 年的处女膜又有某种忌惮。那圈 30 年不曾动摇的膜，像是一张已经存了 30 年的定期支票，80 年到期，还剩 50 年，再存下去肯定亏到死，现在取出来则清零了 30 年死守的利息。在这个年纪，"处子之身"食之无味弃之可惜。

大城市里读过大学的 30 岁女人，只要不结婚，基本会有相对体面的工作、相对够用的薪水、相对宽裕的闲暇，以及相对稳定的人生观价值观。

从 15 岁起，她一直性生活自理。青春期开始，不少女生出现情绪波动、易燃易爆、无故焦躁、注意力难以集中的症状。其实是性需求出现了，不过大多数人都没意识到，更没有机会学习性欲管理。于是有人矫情，有人作死，有人疯狂追星——其实都是靠自己解决的事儿。

在很多人贫乏的想象力里，无法理解女性可以不经任何影像刺激，不通过任何插入动作，甚至不脱内裤就完成一次卫生高效的性高潮——但对某些女生而言，这是日常。

何小满在她 30 岁生日的这一天厌倦了这种方式。她想和一个男人完成这种运动，她好奇这该是怎样一种感受。人生第一次，她如此渴望性生活，渴望一种新体验。就像有些人某一时刻会特别想跳伞，有些人会突然想去非洲看狮子，有些人非要舟车劳顿去意大利喝一杯咖啡不可。

她不觉得自己这种好奇心有什么问题。为此她开始积极找男友，顺便找一个合适的初夜男友。

"如果我是个男生，一个给自己寻找破处机会的男生，大概会被认为是渣男吧。"她想。

一

第一个男朋友是个好好先生，就叫郝先生。

何小满还不想结婚，她只想一场有性生活的恋爱，或者说一场恋爱中的性生活。从这个角度去评估，这场恋爱估计没什么好结果。

在没有好结果的恋爱中，被分手的女人无非一哭二闹，就算上吊也是吊死自己，绝没有吊死别人的道理；但被分手的男人是就算吊死自己，多半会吊死女人垫背。她要一个善良的男人，一场可以和平分手的恋爱，这是郝先生被看中的理由。

还没谈恋爱就开始想分手，这不是一个好兆头，却是一个好习惯。一般来说，结婚之前先想好离婚的那个，往往过得不会太差。

郝先生一切都让她很满意，爱电影，爱文艺，热爱运动，喜欢小动物。两个人节拍一致，步调向前，进展飞快。放以前，她会再考察考察。但现在，她料定郝先生人畜无害，就敢先下手。趁着生日，她布置下"爱的陷阱"，暧昧的灯光，色气的睡衣，一览无余的床。

郝先生没有客气，酒酣心跳，卸甲而上。突然他停了下来，犹犹豫豫地问小满："你不会还是处女吧？"

她生疏的热身准备暴露了她。

"是。"她不好意思地点点头，期待他会因此更兴奋一些。毕竟在床上男人比女人爱干净得多，大多数甚至可以说有洁癖，具体表现为他们对处女的着迷偏好。

不料郝先生整个人松弛下来，眼中失去了欲望之火。女人的演技在床上最好，男人的演技在床上最差。小满再缺乏经验，也看出他的有力无心。

郝先生坦白他一直以为30岁的小满是个经验丰富的女人，就算不丰富，起码也有经验。他完全没做好和小满结婚的准备。

"可我从来没说过要你跟我结婚啊。"小满说。

郝先生的眼中透露出一丝恐惧。

他的确很喜欢她，但并没有喜欢她喜欢到要娶她的程度，她只是一个可以与之吃饭、喝酒、聊天、上床的人。以他的人生经验，30岁的女人多半有经验，有经验的女人，裙下君子多一个不多少一个不少，万一分手也没什么负担。

但若是30岁的处女，交付给他如此"珍贵奢靡"的身体，一定是有所图，否则没理由把30年的利息一键清零。如果他和她继续，这就是她手里的一个把柄，他日就会有无休止的"我把第一次给了你，你居然×××"，没个几万青春损失费只怕是脱不了身。这还是好的，万一背后是个圈套，郝先生不敢想。

小满当然不是，可她越说自己不要结婚，郝先生越觉得这个女人深不可测。

小满看上郝先生是为了分手方便，殊不知郝先生看上她，也是为了分手方便。一段深入的感情容不下两份小心思，两边都想方便，反倒不方便起来。窗户纸一旦捅破，再糊上还是漏风。这两个都很好的人，就这样心惊肉跳不尴不尬地空挡滑行了一阵，便心照不宣地分手了。

二

和郝先生分手后，她消停了一阵子，决定去报一个健身班消耗多余的性冲动。结果附近的健身房都排得很满，她不得不选了柔道。看宣传视频时，似乎教的是如何格斗，但第一课讲的全是如何防守、避免受伤——挨打的正确姿势。

打人先做好挨打的准备，动情先做好伤情的准备，有备无患，屡败屡战。她觉得柔道很有道理。

中场休息后，大家轮换了一对一训练的伙伴，她才发现自己对面是一个金发碧眼的男子。她慌张地像一个暑假没有复习却遇到开学考试的中学生，拼命搜罗脑子里仅存的口语单词。对面却先开了口："你好，我叫雅克，请多指教。"听着怪腔怪调的，但能听懂。

直到课程上到第六个月时，雅克还在嘲笑小满当时的窘迫。

从12岁起，雅克就是一个日漫深度沉迷者。为此他去日本留学，在日本学的中文，获得了一个情报学博士学位，在广州的大学教计算机。他觉得广州唯一不好的地方，就是每一个中国人在第一次认识他的时候，都试图跟他用英文说话。"这让我觉得自己是个外国人，不好融入。"

小满笑得花枝乱颤，腹诽道："你难道不是？"

他不易融入广州，但很容易融入小满。他们一切都很合拍，喜欢一样的卡通，喜欢一样的小说。聊日本小说和电影的名字时，雅克总会卡顿，因为中文译名和日文译名不是一个发音，小满把书名写在纸巾上，递给他看，他露出恍然大悟的神情，哈哈大笑。

情愫是一棵小苗，在潮湿肥沃的土里茁壮成长。你能看到的是土地上一寸一寸的枝叶迎着阳光而上；你看不到的是地下的根，插着土壤的缝隙，以更快的速度向深处扎。

有些人地上长两寸枝叶，地下长一寸根，看上去恩爱缠绵枝繁叶茂，下头虚得很，风一吹就倒，树一倒就散。有些人地上长两寸枝叶，地下长了四寸根，看上去平平无奇，暗地里结结实实，台风吹不动，洪水冲不走。

前者不长情，后者情太长。情太长的人被抛弃的时候会很惨：树被砍了，巨大的根系深埋在你看不见的地方，下一场雨，泡一泡水，树墩子里长出一丛大蘑菇，几片新叶子，春去秋来，总也长不大，总也死不了。

雅克是那种长一寸叶子长一寸根的透明人，叶子和根以地表为分界线，呈镜面对称。你看他说什么，就知道他在想什么。他说："满，我喜欢你，可以做我女朋友吗？"他还说，"请不要误会，是喜欢，不是那种，我没有爱上你，我也不想结婚。我只是需要人陪伴。"带着紧张不知所措的神情。他既怕说了这句话伤害到小满，又怕不说这句话，将来伤害到小满。

小满尴尬地一笑，经历过郝先生，她知道雅克担心什么。一般来说，在 30 岁这个年纪，谈恋爱的确是结婚的前奏曲。可她不是，她尊严地回应："当然，我也没有爱上你。"

雅克这句话是想把小满这棵小苗苗从地里移栽到盆里，控制住根系的发展，就控制住将来的伤害。

当他成为小满的男朋友后，她觉得雅克唯一不好的地方，就是长了一张白人脸。

中国男人交了外国女友，当然是扬我国威；中国女人交了外国男友，当然是崇洋媚外。

在小满的闺密圈里，对于雅克有两种态度，一种是尴尬地笑："怎么找个外国人啊？"虽然不明说，但小满隐隐觉得人家质疑她跪舔洋人，内心觉得她很放荡：老外对性都很开放，她一定也很开放。雅克一定是母国找不到工作来中国泡妞的渣渣。

另一种是兴奋地笑："哇！你好棒，交了个外国男朋友！"她们则觉得小满更放荡：找年轻的老外不就是约炮吗？否则呢？老外虽然有钱，但喜欢 AA，既不会买包，又不会给房子加名字。

两者都让小满感觉糟糕。她眼中的雅克不是渣渣，也不是精英，是一个很普通的男人，就像她在地铁上遇到的随便一个夹着公文包上班的人。

在雅克那边，情况也没有好到哪里去。雅克的母国朋友无不带着暧昧的心知肚明的"我已经看穿一切"的笑——Asianfetish（亚裔女偏好），即对亚裔女性的特别的性偏好。这不是什么好词儿。

而雅克遇到的中国人，主要是中国男性，无论是学校点头之交的同事，还是名字都记不起来的学生，看到他和小满卿卿我我，总是板着脸。

　　"我在日本的时候，日本男生也这样。他们总觉得我抢走了他们的女生。"雅克说。

　　"可是女生不是东西，怎么能叫抢走呢？女生有权选择自己和谁在一起，不论她的选择是否正确，她有这个权利。"小满说。

　　雅克不耐烦地挥挥手："我知道，我知道，你跟我说没用。如果你去我的家乡，会更搞笑。我的家乡很乡下，他们会觉得你是我从越南买来的姑娘，会觉得我找不到喜欢我的人才会去买一个。很受伤。"

　　他们决定彼此不见彼此的朋友，只安静享受两个人的生活，去人少的地方玩，去昏暗的酒吧角落喝酒，去熟悉的馆子吃饭。那样不会有目光灼灼，也不会总有饭馆服务生戳戳雅克，问小满："他能用筷子吗？"然后雅克略带愠意地回答："你可以问我，我很会！"

　　在和雅克交往的日子，小满差点忘记了谈恋爱的目的——性生活。一切太顺利，太自然，太愉快。等她回过神来，已经六个月过去了。

　　这一天，雅克对她说："满，你会跟我做爱的，是吗？"

　　小满愣了一愣。这次，轮到雅克着急了，正如小满第一次见到他磕磕巴巴说英文一样。

　　"我是说，中国女孩，对性很小心吧。我之前的女朋友说，他们只会和结婚的人做爱。我不想结婚，你会跟我做爱吗？你不同意也不要紧。"

　　小满扑哧笑出声来，点点头。她才是那个为了性才交男朋友的。

几天后，她尝试着发出暧昧的旅行邀请。雅克答应了。海景房、美景、好天气，两个热爱健身的身材，拥抱、接吻，一切完美。

雅克突然说："我可以操你吗？"

小满一下愣住了，她有一秒钟的生气时间，但看到雅克真诚的样子，又疑惑他在日本的汉语学位到底有没有被骗学费。

"我分不清楚你们真的拒绝还是假装拒绝。亚洲女孩，总是说不要，我要确定你到底要，还是不要。如果你不要，我随时可以停止。我需要明确的答复，我不想强奸。"

小满绕了几个弯，终于理解了，雅克分不清"欲拒还迎"和"强奸"。她克制住处女被调教30年的羞耻心，艰难地表示"可以"。

雅克摸索了一阵，突然停下，问："你不会是第一次做爱吧？"小满点点头。

雅克呆了一呆，竟露出一闪而过的失望："处女，很麻烦，要教。我都不敢动，怕你受伤。"刹那间，小满第一次觉得处女是一件让人羞愧的事。她表情坚毅地说："没关系，就试试。"似勇敢献身的女祭司。

她喊疼，一喊疼，雅克就停下来。她决定忍着不喊，眼睛紧闭，肌肉紧张。雅克说："你知道，你不享受这个的，我也没有兴趣。搞得我好像强奸你一样。"她想放松，可是她做不到，30年性羞耻的教育在她心里留下了深深的烙印，不管她多会演，脱光后，只剩下羞耻。

30岁的女人在骗人上往往经验良多，但做爱这种事情，即使看再多文学名著、影视经典也无法掩饰身体语言。越是羞愧，越是畏惧，她畏惧那个呼之欲出的东西，忍不住退缩，忍不住露出对不明物体的畏惧，最后退无可退，浑身僵硬在床头——比他还硬。

之后两个人又见了几次面，都没有成功，她有了心理障碍，几乎是怕见到雅克了。雅克更怕见到她。两个人都留下了深深的阴影。

一天，雅克说要出差，去美国三个月。三个月后，他没有回来。小满想，他们结束了。想起与他在一起时的种种不便，她不觉得太难过。只是这个结束多少令人不甘。本来是心理优势的东西，竟然被看成缺点。好比家里藏了一支好大的人参，珍藏密敛 30 年，终于到了舍得吃的时候，拿出来时已经化了灰，满心懊丧。

三

小满还是处女。

放下雅克，她去看了妇科，医生说阴道没问题，就是她太紧张了，造成阴道痉挛，导致阴道内壁肌肉突然收缩，阴道口无法插入。医生安慰她，不要紧，放松放松就好了。

越是得不到，越想要。郝先生和雅克让她明确自己是有性欲的，她想要男人的身体，她也会湿润，有那种生理渴望，就是无法放松自己，是心病。她网购了一个玩具试图自己解决，疼得满头大汗也进不去。她的那里像一堵屹立千年不倒的墙，厚实而坚硬。

既然医生说要放松，她就请年假去一个风景优美的地方放松，幸运地，她遇到了她的终结者——老司。

她欣赏老司的君子风度，他稳重大方，热爱摄影，喜欢爬山，没有不良爱好，何况还长得好看。老司留学多年，谈过一个一同留学的妹子，为了妹子花了不少钱，还跟家里吵架，结果妹子还没毕业就跟他分手了。见识了海外风光以后，他的观点是：妹子还是国内的好。

他喜欢小满的内敛沉静，不作不闹，是一个过日子的人。

老司为她鞍前马后，除了上下山走山路，老司连她的手都不牵一下，努力学了最动听的漂亮话说给小满听，努力用最温柔的眼神注视她的眼睛。

小满沉溺在玫瑰色的浪漫里，像泡澡一样浑身轻松，这种自在，是她前所未有的。

回广州后，老司依旧嘘寒问暖，依旧柳下惠之风，又过了几个月才磨磨叽叽找到了门道。他新买了一套家庭影院，邀请她去家里看电影。他开车来接她。

他刚刚修过的胡子一点都不扎，他漱口水的味道像薄荷糖，他体贴地关了灯，让她在黑暗里感到十分安全，他的肉体，她的肉体，都隐藏在茫茫夜色中，让她不再疼，还是疼的，还是会顶到那堵墙。

她说不要，他更起劲了，这是莫大的挑逗。她忍不住哭了，说不行，真的不行，很疼。他说，不要紧，我知道你第一次，第一次是这样的，你忍一忍。

她抓住被子蒙住了脸，被角叼在嘴里，咬紧了牙。一阵剧痛传来，然后是反复的痛，像砂纸擦着皮肤。不知过了多久，他发起猛烈的攻击，终于停了，她的泪浸透了被面。她知道这是必须的，她不怨他。第一次一定会疼的，她想，这是第一次，以后就好了。

压在她身上的人翻身而去，扬扬得意地说："你竟然还是处女，我赚大了，哈哈哈，小处女。"她勃然大怒，一脚把他踹下了床。

她穿上衣服，飞速跑了出去，不想等电梯，直接走消防梯下 8 楼。她穿着成套的内衣和精心准备的外套，踩着细高跟鞋大踏步往自己家走。夜色凉冷，盖住了她妆容一塌糊涂的脸，也盖住了她的泪。

"今天开始就不是处女了，就拿分手来庆祝吧。"她对自己说，"双喜临门啊！"

这一天，小满刚好 31 岁。

婚姻挽回学校

见到萱萱的时候我吓了一跳。她穿着粉色的针织衫，内搭白色连衣裙，顶着栗色卷发，有一种不合身的甜美。我上一次见她的时候，她还是直发抓成一个低低的鬏儿，白衬衫挽着袖子，迷迷糊糊却又来去如风。一年不见，人设都变了。

例行寒暄后，她神秘兮兮地说："坐。我找你是想让你帮个忙。"
"什么事？"我问。

"帮我填个表。"她递上一个文件夹，里面是一份打印的 A4 纸张，宋体字五号，像是忽悠型培训师做团建用的测试表——

问题 1：我的外貌能打几分？有什么优势和劣势？

问题 2：我最大的缺点是什么？列三项或以上。

问题 3：用五个形容词形容我是一个怎样的人。

…………

我的表情一定很困惑。

"你先填，认真点，填完我告诉你。"她说。

等我填完，又等手冲咖啡上来，放下糖，搅匀了奶。她缓过神来似的，开始说话。

"反正你也不在公司了。老实说吧，"她压低声音道，"我老公在外面有了人。我不想离，报了个情感挽回班，他们教我怎么挽回老公，有情感导师 1 对 1 授课，还有家庭作业。这是作业的一部分。"

我和萱萱称不上同事，她是外包公司到我们公司的外驻人员，有那么半年，我们在一个办公室干活。但几年过去，我们共同的同事升的升辞的辞，绝大多数朋友圈都不重叠了，我便成为一个相当安全的倾诉对象。

接下去的几个小时里，她像是溺水的人抓到稻草，在这个熟人众多的城市里抓到偶尔路过的我。她就这么抓着我从下午一点半一直聊到天黑，我一共续了两杯咖啡，要了两份糖水一份蛋糕。

萱萱和老公是同乡 + 大学同学，门当户对，情投意合，爱得死心塌地四平八稳。毕业后，两人在同一个城市同一个行业工作，是看上去最稳定最安全的那种搭配。萱萱是做户外广告装置的，经常需要跑商场装展板，有时也要亲自爬上爬下做细节调整。

12 月初的某一天，她吊着安全绳骑在商场广场上三米高的圣诞树上，调整一个角度吊诡的星星灯饰，不小心居高临下看到丈夫和另一个女人手挽手从自己脚下走过。

没有一个女人会对丈夫的情人说好话，萱萱说她丑，我一点都不意外。不过我看到她照片的时候，的确有些小失望，礼貌地形容，呃，那是普通的一个女孩子。

中年男人出轨，找的往往是和太太差不多但年轻得多的女孩，图个怀旧；青年男人出轨，找的往往是和太太截然不同的女孩，图个新鲜。那个女孩和干练漂亮的萱萱很不一样，她穿着接地气，妆容保守，连表情也是小心翼翼的。

"要是他找到姚小姐那样的人，我也就认了，但这种人，我不服气。"她说，"只有我先甩了他，他才能甩我。我一定要他回心转意。"

"挽回后再离婚吗？你是不是闲的？"我说。
她没有说话，自顾自喝着果汁。我马上意识到我说错了话：这种事情上，人是最要面子的，怎么可以戳穿？

后来我才意识到，她未必有多爱那个人。只是一路好好读书好好工作，人生四平八稳循规蹈矩，突然有一天人生的小火车出了轨，她第一反应，就是把车子扳回到轨道中。

一个高三的乖乖女能想象高考失利吗？简直天塌下来，地球爆炸。因为她没高考失利过。

正如很多女人一想到离婚就人生毁灭、了无生趣，因为她没离婚过。吃了没有经验的亏。

———

她是一个非常聪明的女人，但是职场的聪明和情场的聪明，似乎不在一个体系里，也不具有相关性。

据萱萱所说，这是一个专门帮人挽回恋爱、婚姻的培训班，看网站介绍，里面的授课老师都很年轻，列着闻所未闻的受训学时，很有连锁理发店的派头。萱萱报的是资深情感挽回师1对1授课班，9999元，课后辅导每小时1200元，折扣价。

授课老师姓文，一上来就给她打分，说她妆前6分，妆后5分。

"胡说，我在公司的时候，办公室几十个女生里面，你排名第一集团军，姚小姐和小璐的后面，就是你。这是大家公认的。而且你化妆比不化妆精神多了，化完妆有气场，去谈判镇得住。"我愤愤不平。我一直觉得萱萱比我好看两分，要是她都只有6分，我岂不是只有4分？这太气人了。

"她说我长得不够温柔，女孩子温柔一点才好。"看我撇了撇嘴，她马上补上一句，"男人眼里的好看，和女人眼里的很不一样。我们先不讨论好看不好看，现在我们要讨论实用不实用，要解决问题。"

"之后，文老师说我穿衣服的风格太冷，给我找了一套配色方案，推荐了一些淑女的风格。"她说。

我又仔细打量了她一番，说："平心而论，你这身不丑。但也没什么意思。"

"我也是不太习惯，我先试试，死马当活马医吧。文老师说我不好看，也不会打扮，性格又太凶，总之，很糟糕。老公没出轨前，我从来没觉得自己这么差劲过，有点一语惊醒梦中人的意思吧。人总要经历些挫折，才会开始反思。好在现在反思也不晚，老师说，还有救。"她说得又急又快，思维有些跳跃。

很多年以后，当我遇到类似的人，我才看懂这种套路：说她面相尖刻，说她不会化妆不会穿衣，说她性格泼辣，把她所有的优点或是特点说得不堪，趁着她最脆弱的时候，不管三七二十一，赶紧捅上一刀，让她再脆弱一点，好成为她身边唯一的稻草。还能说自己是："诚心诚意为你打算，才说实话，你周围的人谁会做恶人来打醒你？"

就像戏文里的算命先生，开场总是"这位路人，看你印堂发黑，恐大事不妙"，把人说得凶险惨淡、一无是处，才会让人有求助的欲望；第二句总是"幸好遇到我，我有破解之法"，这样过路的旅人才会坐下来，心甘情愿地花钱。

二

不久，我返回台北。

台北的霞海城隍庙有个小小的月老庙，门口常年供应免费红枣茶，甜甜蜜蜜。这里号称是全台湾求姻缘最灵验的地方，未婚求桃花，已婚的也可以求白头偕老。当时我有个叫丹妮的台北朋友，喜欢上一个漂亮的少爷，来这里求桃花，顺便带我观光。

我是不信这些的。但丹妮非常虔诚，不厌其烦地告诉我拜月老的禁忌，譬如点香后不能吹，进月老庙不能带伞；月老事务繁忙，要记得告诉月老自己的名字生辰手机号，以及脸书账号（或 QQ 号、微信号、微博号），方便月老帮你联系有缘人。

260 新台币，一人能买一份月老套餐，且只能买一次。套餐中有三件宝物：喜糖、铜钱、红线。喜糖在庙里吃掉，铜钱和红线戴在身上守护姻缘。回来前，萱萱拜托我帮她求一根红绳。

丹妮得知我是受人之托后，非常紧张，连忙制止我："这样不可以，你只可以代家人求姻缘，不可代朋友求。否则会让月老搞乱红线，产生很可怕的结果！"看着她虔诚的样子，我只好放弃这个想法。

等丹妮走完一整套流程，我们出来喝月老庙的结缘茶，茶很烫，但她说不可以"吹"。我憋不住笑起来，说："你这么上心，那个男生一定会到手的。"

丹妮说："我求的是缘分，不是那个人。"

"哦？"

"月老是求姻缘的，万一他尽心尽责，让我们两个结婚了怎么办？没错，我是对他有点心动，可是谈到婚姻，他是那个对的人吗？我敢在神灵面前诚心诚意许愿，让自己嫁给他吗？我越想越觉得这个愿望不能许。最后，我许的愿是：月老，请让我遇到爱情。"丹妮说。

"很聪明的愿望。"我说。

"我是很贪心啦。说不定月老给我更好的呢？"丹妮一仰脖，喝掉最后一口茶。

许愿得到某人，和许愿得到爱情，这是完全不同的思路。前者是把希望寄托在某个外在的对象身上，后者则依然寄托于自己。对丹妮而言，就算现阶段心有所属，放大到人生的长度，遇到哪个人她真不在乎，她只在乎自己能不能遇到幸福。

那些去找情感挽回师的人，和去找心理咨询师的人，也是完全不同的思路。前者希望挽回丈夫，后者希望自己摆脱痛苦。所以，想要追回的到底是"那个人"呢，还是幸福？

萱萱大概没有去想这个问题，抑或是她想当然地把自己的终身幸福绑定在"那个人"身上。

做投资的老手会想"如果我失败了,能不能承受这笔损失",但新手只会想"我一定不能失败"。萱萱不会想离婚了怎么办,只会想"我决不能离婚"。可惜有时候男人的风险比投资大得多,白头偕老不见得是你的好,分道扬镳也不见得是你的错。

三

从台湾回来后,我再次见到萱萱。本来不想见的,我们也没有熟到非见不可的程度,但电话里她的情绪很不好。我有点担心她的精神状态,顺便取一些伴手礼给她。

尽管妆容更见精致,萱萱的憔悴却欲盖弥彰。

她说老公还蒙在鼓里,表面一切如常,甚至更为体贴,却常常借口加班,彻夜不归。而她作为一个体面人,不得不维持一个体面的态度,她接受的教育,她的价值观都不可能让她去撒泼去吵闹。

更重要的是,无论是挽回还是挽不回,理性上现在都不是值得挑明的时候。如果要挽回,她必须更温柔地吸引。如果要离婚,她必须更隐蔽地处理财产。萱萱的痛苦密封在身体里缓缓发酵。

"我到底做错了什么?"她问我。

我怎么知道?你错就错在找我来了。

她换了一个情感导师。之前的文老师一改"温柔和顺"的调调，转口说"事业第一"。没过几天，文老师辞职做了微商卖面膜去了，还向她描绘了××面膜事业的伟大前程。在萱萱再三拒绝入伙后，她热情地请萱萱关照生意，从此挥一挥衣袖不带走云彩。

　　在萱萱确认退款无望后，只好换了一个导师，重新讲一遍自己的故事，继续之前的情感挽回计划。

　　情感挽回师是劝和不劝分的那个人，因为客人一旦鼓足勇气分了，接下去从客人身上赚钱的人只能是律师，而不是她。她能做的，就是尽一切可能拉长战线，延长用户在线时间。

　　新导师告诉她一旦分手，年过三十的她在婚姻市场上毫无优势，原话是"身价直接打五折""男人永远喜欢18岁的姑娘""你等着一个人孤独终老"云云。

　　我也不是小姑娘了，不会跟她说"一个人有什么不好"。有些人就是想要有个伴侣，就像有些人就是想要一个人。有人不喜欢单身，就像有人不喜欢结婚。萱萱和丹妮都是前者。

　　我也不会说"35岁的你比20岁的姑娘更有吸引力"。人不能睁着眼睛说瞎话。人类本性喜欢鲜嫩健康。无非是年长的人用阅历和智慧弥补年龄弱势罢了，无非是有人补得了，有人补不了。

大城市永远不缺漂亮年轻的姑娘，就像偏远山区永远不缺贫苦年迈的光棍。有多少男人嫌弃离过婚的女人，就有多少女人畏惧被离婚的人生。

导师孜孜不倦地灌输着一些精挑细选的真相，更让她坚信抓住这个男人是唯一理性的选择。

导师把计划分为三个部分：1.女神回归计划；2.爱情唤醒计划；3.情感巩固计划。每个计划都有日程表。譬如第几天为他做一顿饭，第几天送他一份贴身的礼物，第几天让他看到恋爱时的照片，严肃又郑重。

当然，新计划是要加钱的，之前的 9999 元，已经在女神回归计划中用完了。越往后，课程计划越贵，二期的"爱情唤醒计划"要两万，后面的更贵。越贵的当然"效果越好"。就在丹妮祈祷爱情的时候，萱萱也许下了她的愿望：三万元包挽回计划，不挽回退款 60%。

之前做头发化妆减肥美容换着装风格，硬件上已经齐活了，这次要求换软件。要她温柔、顺从、崇拜。"爱情里必须有一点崇拜。你只有真心崇拜他，才会在日常生活中把爱满溢出来。"

我小心翼翼地试图劝她理智一点，很快被以"肉不长在你身上你不知道疼"反驳。我想想也是，的确不好以己度人，就继续安安静静做一个老实的听众。

萱萱不是没有犹豫过。她稍微一犹豫，导师就给她讲一个 40 岁女人离婚后收获 28 岁帅气高管的故事，讲到她眼睛发光，相信天道酬勤，付出一定会有回报。

四

丹妮说她和漂亮的少爷在一起了。

我说恭喜恭喜，感谢月老。

丹妮春风得意，跟我炫耀了一下追帅哥的经过，十分劳心劳力。

我鬼使神差地说："如果将来他发现彼此不合适，要分开，你会怎样？"

她说那就分开咯。

我说："你不会难过吗？不想挽回吗？"

丹妮说："因为我很爱他，如果他想分开，那和我在一起的每一分钟都会让他不开心。我舍不得他不开心的。他不开心，我也不开心。我也舍不得自己不开心。不如就此分开，去找让大家都开心的人。"

"你不会觉得真爱是唯一的吧？"

"世界那么大，真爱一定不止一个人。我不知道有几个，但地球这么大，起码，有三千个吧，我只要遇到其中的一个就好。对了，你上次想帮忙求月老的那个朋友，什么时候来台湾，我可以帮忙带路，亲自求会很灵哦！"

历时大半年，萱萱的三万元已经消耗殆尽，她的男人并没有回来。她想退款，但情感挽回学校说他们可以"继续提供"挽回服务，就是不能提钱。

原话是："去医院也不能保证一定把病治好，怎么来我们这儿就确认一定能挽回呢？这就跟治病一样，能不能治好，也看病人的身体条件和个人努力。我们能做的，就和医生能做的一样，治得了病，治不了命。"

萱萱的情绪越来越坏，那天和我喝茶时，在人来人往的店里放声大哭，众人为之侧目。我说："你去看一下心理咨询师吧，我给你推荐一个很好的咨询工作室。"过了几天，她告诉我，我的咨询师把她推荐给一个精神科医生，确诊，躁郁症。

再后来我见她的小号在论坛里广告爱情挽回班，说："已挽回成功，转让剩余课程。"再后来她问我有没有合适的工作推荐，她说她分手了。

"不是挽回成功了吗？"我问。
"你傻啊？如果不写挽回成功，会有人接盘我买的课吗？"她说。
"真有人买？"我问，问完就意识到自己说错了话。
她倒是一副不以为意的样子，剪着手指甲慢悠悠地说："骗子不少，傻子更多。"

之后，我主要待在台北，就很少能联系到她了。我听到了她和那位先生无数的分分合合。最黏的时候，她已经开始挑婚纱；最淡的时候，她说她也不是很惧怕孤独终老。

我说："如果这份感情让你觉得太过辛苦，恐怕他不是那个对的人。"她说："这只是考验，没关系，我一定会笑到最后的。"

丹妮又约我喝酒。她又单身了。

"你真是乌鸦嘴，他甩了我。"她说。

"要我陪你借酒消愁吗？"我问。

"不。要你陪我举杯庆祝，庆祝他成为我最棒的前男友。"她说，"他人真的超棒，我赚到了。"

鱼尾婚纱

一

当初选这个地方的时候，她花了很多心思。要阔朗不要空旷，要安静不要僻静，要好找但不能沿街，不能离地铁站太远，不能离闹市区太近，房租还不能太贵。后来选了这个小洋楼。一层布置了展位和会客室，二层三层是展位加超大的试衣间，这间高级婚纱店就开了起来。

里面的婚纱最便宜的六千八，最贵的三万二，这是租价。你也可以买，某 Wang 的婚纱十万元你不一定买得到，自有品牌要便宜得多，在这儿叫高定，一个月交货，绣娘一针一线给你手工缝上繁复纯洁的蕾丝花边，缝上矜贵的金丝线凤凰，缝上大红双喜。一万块起的定价，保证针脚细密，扎扎实实地缝上富丽堂皇，缝上百年好合，缝上一生一世。

今天店里不开张，所有员工忙前忙后。先端上两杯热气腾腾的玫瑰四物茶，再来一笼三层高的点心塔，她拣一块绿豆糕一口吞下，很仔细，没有弄花口红，一边咀嚼一边拿 Pad 挑衣服，低着头十分专注。一边四五个服务员伺候着。也是，老板娘要结婚，没什么生意比这更重要。

再雷厉风行的女子，选婚纱的时候终究有些小媳妇的羞赧和欢喜。她先问了我几件龙凤褂可好。我讨厌这衣服总把人压得沉甸甸的，很透不过气来的样子，不置可否。她又挑了件白色的鱼尾裙，很跃跃欲试又有点儿不好意思地问我："白色会不会不太好呀？"

"你试试嘛！试试就知道了！"我说，然后一口一个，吃完了三块颜色不同的乳酪蛋糕。

她笑嘻嘻地给那件衣服打了钩，又让人马上去取，她要先试这件。

二

衣服很漂亮，人也很漂亮。可惜衣服的漂亮和人的漂亮各自为政，融合不到一起，像是打坏的奶油，油水分离。她也看出来了，皱着眉头在三面大镜子前不甘心地转着圈。

我知道她一直想要一条漂亮的鱼尾裙，从她第一次结婚时起。她结婚很早，大学毕业后就和男朋友结了婚，是我们寝室第一个结婚的。我们这种普通人家出身的姑娘，结婚早意味着穷，意味着没有钱好好置办，意味着草草了事。

　　那一次我也是伴娘。当时她在婚纱店看上一件婚纱，夸张的鱼尾把她的小短腿分成两段，步履维艰。她依然坚持要那件。那时候的她还是一个温柔的小女人，喜欢浪漫小说，喜欢小美人鱼的童话，有着海蓝色的幻想和破釜沉舟的决心。为了她这执着的偏好，我不得不选了一件更丑的礼服，以衬托新娘的美丽。好在最后婚礼没办成，她最后衡量利弊，决定节省一切开销，把钱花在支持未婚夫创业上。因祸得福，我没有机会穿那件更丑的礼服，她也留下了小美人鱼的梦。

　　当时她的母亲很反对这桩婚事，私下里请我吃饭送我东西，求我劝劝她，被我回绝了："这是她自己的决定，我不好干涉。"我是那种没心没肺的朋友，我连她选什么婚纱都不会干涉，又怎么会干涉她挑男人？

　　男孩子有才有貌，积极上进，家里不甚有钱，但也不破落，更重要的是，他有一颗爱着她的心。婚礼前的一天，他们手挽手过马路，一辆莫名其妙的车撞过来，他用尽一切力气把她往身后一拽，自己断了两根骨头。她说："当时我躺在地上流着血，眼睛望着天，我想如果我们还能活着，如果这都不能把我们分开，那我们一定会一生一世在一起。"两个人的婚礼延期至半年后举行，用的是她网购的二百块钱婚纱，伴娘自备礼服。

他的手臂上永久留下一道疤，那是我见过的一个男人爱一个女人爱得最深的痕迹。

三

他对她很好。不是那种我有一百块就肯给你花一百块的好，而是我有一百块，我用几倍杠杆能借到几百块就给你花几百块的好。她随口说一句想吃什么，他不看价码十斤十斤买。后来他创业比较顺利，赚了一票钱，更是花钱不看数目。

他的口头禅是："钱是王八蛋，花了你再赚。"说这种话的人，带点儿不差钱的江湖习气，是暴发户的那种不差钱，不是金汤匙的那种不差钱。金汤匙不提钱，俗。他的第一桶金来自网页游戏，那时候的小白用户是一片肥沃的处女地，随便一锄头下去就扑哧扑哧地冒油。

暴发户初期有个常见病：他总以为自己的钱是全凭自己的能力和努力赚来的，只要自己一直努力，就会一直暴发下去。他有幸赶上最后一锄头，很快就油枯了。当然不死心，一锄头一锄头接着挖，把先前赚的钱全部填进去，最后亏进去不少，越亏越多，终于死了心，欠下一屁股债跑了躲债。

如果要给她的人生画一条分界线，我想就是那时。从那时起，她的温柔变成了柔韧，认真上班，认真健身，认真装修结婚的毛坯房，为了省钱，她自己买来布料缝制窗帘、被套。某天楼下大妈发现了她的巧手，请她代为缝制窗帘。那是一个拆迁户小区，业主都是实惠人，她一不小心就开发了这门新生意，不久她租了个车库，在里面放了几台缝纫机，雇人做窗帘起家。她先生不久也回来了，负责上门送货和安装。

后来她从公司辞职，开了店铺，开了网店，后来成立了小小的公司，后来去浙江的乡下开了个小厂，生意红红火火。之后我就很少见到她。偶尔她回来时，看她整个人粗壮了一圈，戴着遮阳帽，穿着和农妇无异，献宝一样给我带来乡下的新鲜东西，有时候是一筐刚摘的草莓，有时候是一筐奇丑但是鲜甜清洌的大葡萄，有时候是一把没打孔的奇形怪状的珍珠。印象中她总是匆匆来又匆匆走，咕咚咕咚大口喝水，挥挥手说再见。

四

结婚三年的时候，她跑过来告诉我，他们决定补办一个婚礼。当初的婚礼太仓促太简陋，一直是她心里解不开的结。现在他们有钱了，她要买最漂亮的鱼尾裙，做最美的新娘。我看着她快活的眼睛，一口答应继续做她的伴娘。

"你运气真好，再晚来几个月，恐怕我也要结婚了，当不了你的伴娘了。"我说。

她拽着我一家家试婚纱。我才知道原来高级的婚纱那么贵。在店里，她兴奋地一件又一件试穿着，左顾右盼。走出店门，她总会长嘘一口气："女人的钱真是太好赚了！那点布料竟然可以卖那么贵！"

"跟你卖窗帘布当然没法比啊！"我说。

她笑个不停，说《乱世佳人》里的斯嘉丽要是活到现在，就凭着把窗帘布做成大裙子的本事，也不用嫁给老男人骗三百块税金了。

我是个对婚纱毫无兴趣的人，确切地说，我对婚礼也毫无兴趣，我当时正在努力说服男朋友不要举办婚礼。我跟着她跑了一家又一家，负责在一边拍照、喝茶、吃光两人份的点心、夸她、再夸她。两周后，她订下一件一万多的婚纱——只是租金，婚纱可以根据她的身材修改，再过两周我们才能去店里拿到大小合适的婚纱。

一周后她就离婚了，原因她不肯细说，只是粗略地说是钱财往来上的事谈不拢。

一周半后我分手。我和她一人一罐啤酒，坐在乡下山坡上的月色里一起发呆。

她愤愤地说当初她不嫌弃他的贫穷，他却辜负这份感情。
"不是说是钱的事儿吗？"我说。
她说："谈钱伤感情，谈感情伤钱。这不是一回事儿吗？"

老实说，她并不算很美。她说当年的自己不嫌贫爱富，其实是长得普通没人追罢了。长得普通没人追的女人，总会把自己说得多么有气节多么有感情。刚好有个人爱她，怜惜她，她就爱上他，全因她见识少。如果真有很多人追求她，她偏偏爱最贫苦的那一个，事后又被辜负，那只能证明她眼光是多么不准，她男人骗人是多么老到。可见感情是可以制造的，并不十分珍贵。

"钱会让人变。"她说，"以前那么穷，他不怎么在乎钱；现在有了几个钱，倒是每天算来算去记挂在心上。看看这些，都是我一点一点建起来的。"她指着下边几间小房子。

这个小厂很快就要不属于她了。离婚时财产上闹得很不好看，差一点打官司，最后千辛万苦协议离婚，前夫拿公司，她拿钱。我以为她会难过，她破涕为笑，说她是故意的，故意让前夫觉得自己很在乎厂，故意让他跟自己抢，这样分钱时就可以多一点议价权。

她说："那个工厂现在不怎么赚钱了，所以我只想要钱。感情谁没有啊？钱可是拿命赚的。"我忍不住笑了。

谈感情时最心酸的莫过于两句话："我有钱"以及"我没钱"。盖因谈钱伤感情，谈感情伤钱，最是两难全。年少贫穷时相爱，只因没开过眼，不知道钱的好处；见过了，眼界就开了，心就大了。

前者是清汤寡水的穷，好比一碗青菜豆腐汤，虽然少油水，但是可以喝下。

后者是残羹冷炙的富，好比一碗隔夜馊泔水，虽有肉末渣，却是不能下口。

当初的为她舍命是真心的，如今的为钱舍她也是真心的。她眼睁睁看着一道青菜豆腐汤变成隔夜馊泔水。

之后，她再也没有说前夫一个"不"字，她只说自己曾经那么深爱过他，那段爱情已经成为她生命的一部分，那么现在对他的每一句否定，也就是对自己的否定——她坚信自己没做错什么，所以她不能否定自己。她这么大气，害得我也不能控诉前男友的不是，大家只是喝酒、赶蚊子、谈自己。奇怪的是，谈自己越多，对另一半的执念就越小，排遣情绪的效果倒比"痛骂渣男"要好得多。

我想到两周前，她欢呼雀跃试那条鱼尾裙的样子，一脸郑重地对店员说："就这条主纱。"两周前，我对前男友说："随便挑个人少的日子我们去登记，我不想排队。婚礼不能不办的话，一切从简。"我们很不一样，最后倒是殊途同归。

五

年底她找我吃饭，说她要回来发展，还很开心地跟我说乡下的工厂扩建了，有些历史遗留问题前夫不太清楚，她回去帮了几天忙。

"现在你还帮他？"我说。

"他人挺不错啊，只是我们不合适而已。"她说。

"他快结婚了，动作很快哦。"我气不过，故意激她。

她问："真的？"

"真的。大家都知道，怕你不高兴，都瞒着你。"

她一脸莫名其妙："分都分了，有什么高兴不高兴的？"说完如释重负地叹了口气，十分开心的样子，"是值得恭喜的事情呀。我要开婚纱店了，可以去问他老婆要不要来看看，开业优惠八折。"在这顿饭剩余的时间里，她都在兴致勃勃跟我谈她的婚纱店。她准备拿离婚分到的钱开店，合作的品牌已经找好，入驻的独立品牌也到位，证件齐全，租金已付，准备装修。因我恰好认识一个室内设计师，这顿饭是想让我和设计师搭上关系。

帮朋友介绍生意，当然义不容辞。然后全程听她介绍那个房子有多好，找的时候花了多少心思。她的眼睛在昏黄的灯光下闪闪发亮，她的语速快得水泼不进，我不得不相信，前夫再婚对她而言，不是一个坏消息，也不是一个好消息，而是一个微不足道的小消息。

她的店在静安区一栋民国古董小洋楼里，静谧又温柔，再古板的女人在这里也会有粉红色的少女心乱跳。衣服大部分很仙很美，偶尔有几件稀奇古怪的，比如黑色的哥特系婚纱。沉浸在失恋落寞中的我对那件婚纱很感兴趣。

"你不要碰！"她说，吓我一跳。

她说在她的家乡，流传着一个不成文的忌讳："新娘的东西只有准新娘能碰，其他未婚姑娘接触多了会影响婚恋运。"之后她全程小心翼翼地不让我碰店里的任何婚纱，好像婚纱是某种会带来厄运的祭品。

她记得每一件婚纱的样子，会告诉我关于那件婚纱的故事：那件，曾经有个客人，幼儿园时就和他在一起，青梅竹马，双方父母世交，恋爱十几年毫无波折，顺风顺水修成正果；那件，有个新娘69岁了，中间兜兜转转、颠沛流离，终于和初恋结婚，从此岁月静好、一世安稳。

我偏偏是个恶趣味的："有什么不幸的故事吗？说来听听。"

她说："这个你不要听。"

我问她："这也是忌讳吗？"

她笑着说："这是商业机密。不幸的故事不能从这里流传出去，对生意不好。"

过了一会儿，她说："好吧。那对青梅竹马后来离婚了。双方和平分手，不久女孩子又出嫁，男孩子又娶妻。二婚的时候，女的还是来我这儿租婚纱，看神色很快乐。那个老太太，之前有过一段婚姻，说起来也很幸福。等你见多了，你就知道所谓的'真爱只有一个'是骗人的。我们这一辈子，可能会遇到很多个真爱，错过一个不要紧，还有机会遇到下一个。我想这世上大概有300个人是我的真爱，就看我能遇到几个了。"

"真爱没有你想的那么贵重，不要错过一个就以为天塌了。"她说，"你把自己的小日子过滋润了，才是最重要的。比如上次我帮他扩建工厂终于收工了，又赚了一票。七位数的钱从手里流过，不沾一层油是不可能的，哈哈哈！我可以跟感情过不去，但从不跟钱过不去。"

六

终于，她要结婚了，第三次为自己选婚纱。

她皱着眉头在三面大镜子前不甘心地转着圈，镜子里的鱼尾裙和她格格不入。不过没关系，店里所有鱼尾裙都是她的，整个店都是她的，一排的服务生也只为她服务，她大可以耐下心来一条一条地换。

天色全黑的时候，我捧着普洱茶消食。慢慢八卦新郎的一切。

她终于挑定一条香槟色的，鱼尾像瀑布，从臀线下夸张地泼洒开去，把恨天高藏在里面，展示出一个修长的腿形。据说新郎一米八，是个漂亮的小伙子，站一起一定很协调。

锦　鲤

今天要讲一个幸运儿的故事。

她说她是一条天生的锦鲤。和她出去玩，天从来不下雨，飞机从来不晚点，去城市刚好赶上花车游行，去海边老板说："今天客人少，给你们升海景房吧。"买护肤品都能买到限量版。

她来这个城市的时候一无所有，不到一年就进入一家著名的室内设计公司工作，很快接了不少单子，几年后升任首席时才 28 岁，一切顺风顺水。她有懂事的弟弟、开明的父母、从不闲话的亲戚，有慷慨的老板、勤勉的下属、体贴的同事，还有一圈借钱从不犹豫的朋友。

甚至遇到她的人也会连带着走运。

我生病，医生说马上要开刀，她说："不要紧，你很快会康复的。"我去了她推荐给我的医院，果然很快康复了。我说钱都变了医药费，要穷死了。她说："不要紧，我的朋友都很有钱，你也会有财运的。"果然下半年发了一笔小财。

她言出必行，说到从来做到。

刚认识她时，网上正在热烈讨论"宝马车里哭还是自行车上笑"。我问她选哪一个，她说："我要在宝马车里笑。"又说，"等你毕业，我开宝马去机场接你哦！"后来她果然履约。机场路上，我问她怎么鼻子上有一个硕大的血印子，她说后备厢盖子太高了，穿着高跟鞋跳起来才能勉强够到后备厢的门，刚刚她奋力一够，好嘛，盖子直接磕到鼻梁上的眼镜。

"为什么要买 X1 啊？小个子女孩都喜欢买大车吗？"我说。

"这是我预算范围里最气派的款了。"她说，"我要开车去见客户嘛，这个开出去比较威风，人未到车先来，人家就会觉得我比较专业。以前坐公交车去，人家看你眼神都不一样的。"

我想起她穿高跟鞋也是这个原因。

她很讨厌高跟鞋。工作需要，她经常会带着客户去逛家居城选材料和软装。有时业务忙，还要同时陪两个客户。偌大的建材城里，她穿着高跟鞋跑上跑下一整天。晚上和我吃饭，她穿着开车的平底鞋龇牙咧嘴。

"我个子矮，脸又圆，长得太小孩子气了，客户会觉得我不专业的。个子一高，气场就先上去了，让客户信任我，这很重要。"她说。

所以只要在工作，她去哪里都是恨天高。她踩着恨天高进家具厂、进工地、进毛坯房，踩着恨天高在现场拍下拌水泥的照片发给客户。

白天她忙着接电话，忙着到处跑，晚饭吃完，她才有整段的不被打扰的时间画图。她专注地盯着屏幕，整理用户需求，浏览前沿设计，CAD界面上鼠标快速点击，长长短短的线构筑出她心中的小小世界。半夜12点，她把文件备份到笔记本电脑里，开车回家。洗澡洗头后接着画两个小时图，三点半她熄灯睡觉，第二天9点半，起床上班，完美错开高峰期外地车牌限行令。如此周而复始，没有周末。

在我和她同住的几个月里，她始终保持这样的作息。当然这一切都是她告诉我的，996工作制的我没有机会看她上下班。她的勤勉和刻苦无时无刻不让我觉得自己在虚度生命，为了不显得太逊，在下班后一个人守屋子的时光里，我尝试在一家外包公司接了几个小项目，开张了一个业务范围极其狭小的咨询工作室，陆陆续续认识了一群业内活跃的本地小咖。

在我和她合租两年后，她升任主设计师，我愉快地跳槽，得到一份两年前想都不敢想的薪水。

"你看，我说过我是个很走运的人，我的朋友都很有钱。"她快活地跟我碰杯。

接着她说要去庐山，参加一个美术集训，风景写生。她千辛万苦说服客户，让他们允许她把手头的项目交接给他人，又千辛万苦把能赶工的项目赶工，把能拒绝的项目拒绝，终于腾出一个月。

"这么有危机感，不会是老板嫌你画得差吧？"我开玩笑说。

"不，老板刚给我涨提成，"她说，"涨一个点。"

"那是客户有意见咯？"我说。

"不，我的接单数是公司里最多的。"她说，"接的都是别人搞不定的客户。"

"那为什么好好的要突然去山里喂蚊子？你又不是没去过庐山。"我不解道。

"画画是设计师的基本功，你知道吧？配色啊，构图啊，各种技巧，是需要不断训练提高的。我觉得我最近太忙了，做的东西有时候缺那么一点感觉。我想去找找灵感。"她眯着眼睛，像是尝试对外行解释一个很难理解的东西。

"大多数客户的需求，不客气地说，挺一般的。如果我只是想赚钱，想让客户满意，我现在的水平已经足够了，我只要重复自己最熟悉最擅长的东西，就可以简单快速不费口舌地把单子做了。我有同事就是这么做的，这样可以活得比较轻松。但如果一直这样下去的话，我就会止步于现在这个样子，不再进步。这对一个设计师而言，是死路。所以我每次宁愿多花一些时间，尝试做一些新的东西。如果你每个单子都这样要求自己，天长日久，你会看到自己的进步。"

说完，她拿来一本厚厚的作品集，一页一页翻给我看："怎么样？这是我刚来时的作品，这是现在的，旁边都注着日期。"

我完全不懂设计，也毫无美术敏感力，但即使是我这样的外行，也能发现其中差异。我说："现在的比之前的好看很多！我说不清楚哪里好看，但配色更舒服，看上去更高级。"她得意地笑了："这就是差别。"

她拎过一个抱枕，蜷着腿坐在沙发上，仰头望着天花板："可是最近在尝试新东西的时候，我发现我做不出来，脑子空空一片，翻来覆去都是以前用过的技巧。我接的单子太多了，我在工作中已经学习不到新的创意了。我的灵感被榨干了。我需要放松和学习，需要从最初的地方寻找我要的东西，去写生。"

这番感悟，当时的我并不能十分理解，但一年后当我已经在另一个城市做数据分析，我在一堆广告报表中百般寻觅相关性，却毫无头绪时，她的这番感悟突然在我脑中闪回……

我沉溺于数据太久了，我用这套模型研究一个又一个案子，却从没想过改进。我知道目标用户的身高、体重、年收入、用什么牌子的洗衣粉，我总结出可视化数据图，试图解读他们的人生，但代码和数字却从没告诉我他们究竟是怎样的人、过怎样的生活、有怎样的需求。

我突然意识到，作为一个互联网广告从业者，我从来没有在传统广告公司工作过，我对那套传统的营销框架一无所知，甚至一度认为他们是落后的，何其像一个从未动过纸笔的画师！

我请教了几位广告领域的前辈后，决定用最原始的方式，从最初的地方观察用户。我请调研公司邀请了几个样本，安排人住到样本家里，和样本同吃同住，24 小时随时陪同。一周后，根据报告，结合数据，我终于做了一份令自己满意的标准用户模型。无论生活如何网络化数据化，我们依旧需要从真实的生活里寻找用户的真身。

在我认识她的第四年，她升任首席设计师。五年时间，从零薪水的助理到首席设计师，这在她的公司是前所未闻的速度，鉴于她还前所未闻地请假写生，前所未闻地请假参观展览，以及前所未闻地和客户吵架、和老板拍桌子，这个前所未闻并不十分醒目。

"顺风顺水"——这是很多人对她的评价，也是她对自己的评价，除了写生时山上虫子太多、住宿太差、蔬菜买不到，她说这一路非常走运。

那时我正在申请硕士学位，请假飞到她的住处，花了一周时间写的申请，改了三天，找人写推荐信两天，也顺利拿到了心仪的 offer。

"我就说我是锦鲤嘛！不但我自己运气好，我的朋友也都好运。"她说。

读硕以后，我和她渐渐少了联系。

那时我有了男友。他是一个在和女生交往上毫无经验、情商一塌糊涂的ABC。我不太适应对付一个经验为零、文化背景完全不同的人，就像面对一个不会说话的小孩，或是面对一台只装了操作系统的电脑。我说他根本不在乎我的感受，我生病了也不关心我，我生日也不记得。

"我在想要不要分手。"我把我的困惑匿名发在BBS上，把链接发给她。

她很快打电话给我："如果你放天涯上去吐槽你男朋友，我担保评论区都会说分。遇到一点点事情就离婚、分手、拉黑！说得多干脆呀，好像谁评论谁就出了一口恶气。他们不需要为自己说的话负责，下了网身心愉悦，可是你放下网络还有生活，你还要去一个人面对拉扯不断的感情。你说你能听他们的一时口快吗？"

"你根本不用理这些评论。你有没有要求他关心你？"她说，"男人呢，要教的。尤其这种完全不一样的男人，你以前对付男人的经验完全用不到，对不对？"

我在电话那头拼命地点点头。

"哈哈，我太懂你了。你知道，我有个弟弟。"她说。我知道，她曾说她很幸运，摊到一个乖巧可爱的弟弟。十几岁的男孩子收拾家务是一把好手，像一个奇迹。

"所以说家里有个同龄异性挺好，我对付男人的经验都是从他身上得来的。小时候我很关照弟弟，有什么好东西都会留给他，有零花钱也会买糖给他吃，他就会知道什么叫对一个人好。你也要先给别人一个关心的模板，告诉他这叫关心。

"然后我会告诉弟弟，我对你好，是因为我喜欢你。那你喜欢我吗？他说，他当然。我就说，喜欢不是放在嘴里的，是放在手里的，你给我留好吃的、和我一起做家务、听我的话，才叫喜欢，否则就是撒谎。那时候他不比桌子高多少，屁颠屁颠去帮我擦桌子了。他一做家务，我就拼命夸他。烧菜烧成一坨，我也含着眼泪咽下去，夸他有天赋，夸他很聪明！他做一次我就夸一次，夸到他不好意思为止。孩子还小嘛，本心都是好的，你引导一下，他就学好了。

"以后教老公也是啊，别看到人家收拾屋子笨手笨脚就急着说放着我来，那你等着收拾一辈子屋子吧。人都要有一个学习的过程，给一点耐心。"

"要是他怎么都学不会呢？"我问。

"放弃他。不过很多宅男这辈子没学过怎么跟女生相处，他们在和女人交往上的经验，还不如我弟弟十岁的时候丰富。理工男直线思维嘛，你生气了在那边发火也好，一个人怄气也好，伤心地哭也好——在他眼里只是莫名其妙。你要告诉他，我觉得我生病了你应该关心我、安慰我，问我要不要买药，给我买好吃的。你要把需求提明确了。我是设计师，我知道明确的需求有多重要。"

我照做了。男友回复我："生病你就看医生吃药早点儿睡，你说的这些，如果你想要，我可以做，但我做了也不会让你的病好得快一点。"

我无奈地把短信截图发给她看，她一点都不同情我，回复道："当初你不就是喜欢他死理性吗？难道这不是死理性的可爱吗？你不能又要一个死理性的 geek，又要一个甜言蜜语的暖男，这两个需求不兼容哦。"

那时候她还单身。两年后，她果然遇到一份称心如意的感情，有一个诸事妥当的男友，又成为众人眼中的幸运儿。

再一次见到她的时候，她换了车，换了男友，开了自己的设计公司，还是一切完美得像玛丽苏小说。她愤愤然跟我抱怨手下的一个员工，说他盗窃了两个大项目的图纸，连团队带客户都搬去了另一家公司。

我安慰的话还没说出口，她就自顾自说起来："好在只有两个项目，公司也不会倒闭。反而有点庆幸几十万设计费看清一个人。你说，他要是等我做大了再走，我岂不是很惨？说起来那个人算是我的老师。我当他的实习生后，每天都给我小鞋穿。"

　　"可是那时候我问你工作怎样，你明明说很顺利啊？"我说。

　　"是很顺利啊。要不是他那么变态，我也不会心急火燎地学，学得特别快。当时每天都想着离开他，学好了可以自己接单子。"她又给我来了一个措手不及的转折。

　　看着我无语的样子，她补充道："我那时是实习生。我们这个行业，实习生没有一分钱薪水。我还要可怜巴巴地问家里要钱，我都工作很多年了，又突然问家里要钱，多不好意思呀。实习生的本业就是学习，如果我学得快，早点儿出师赚钱，那就是顺利，其他都是毛毛雨。抓大放小，做人不要太在意细节嘛。"

　　听她这么说，我倒起了好奇心："你和我一个年纪，那时候我才毕业，你怎么会工作好几年呢？"

　　她害羞起来，我第一次见她脸上露出忸怩的神色："其实，我不是大学生。我花钱买的一个野鸡学校文凭。"她喝了一口酒，鼓足勇气似的说了下去。

　　"我高中没考上，就出来打工了。一开始在乡下的电子厂打工，我卖录音笔，当销售，一家一家去推销。出货的人总是拖拖拉拉的，我就干脆去仓库帮忙，后来仓库进进出出都是我一个人在弄，管仓库的电脑坏了都是我去弄好。后来从生产到销售我都要管。那时候我才18岁，月薪四千。那时候的四千，是很不错的薪水了。

"我做到二十几岁吧，觉得录音笔没前途，不能在那个厂待一辈子，特别想去大城市。就报了个培训班学设计，什么都没学到，只是稍微了解到学好了可以去哪些公司上班。后来就去设计公司当实习生，我也不知道怎么投简历，就看招牌，一家一家问过去，问他们要不要实习生，不要钱的那种。"

"就刚好遇到上一家公司？"我问。

"不是，第一家公司很小，业务也一般。师父接不到单子，我就没机会学习，我不到一个月就跑了，转了几家才到后来那家。那家最大。"她说，"其实我刚去的时候，那家公司还很小，但是我看他们老板是个懂业务的人，他那时候特别重视网络广告，我觉得他有前途。后来果然就发了。"

"你看，我说我是天命锦鲤吧，旺朋友旺公司，将来谁娶了我，是要走大运的。"她眨巴着眼睛，得意扬扬。

我想起认识她的两年前，我上过一门社会学课。老师提到加尔文的"先定论"，加尔文认为世间一切都是神意安排，人出生时宿命已定。上帝把人分为"选民"和"弃民"，选民注定成功，弃民注定失败。

我说，这不是会让教徒看破成败，不再进取吗？老师说，恰恰相反，普通人无法得知自己的命运究竟是哪一种，只能根据现实生活猜测自己可能的命运。教徒无不努力奋斗，以证明自己是被选中的幸运儿。

这个世界有没有神我不知道，但我想我已经看到选民的模样。努力，都是为了证明自己是最幸运的锦鲤。

另一个罗子君

一

小罗离婚的时候很匆忙，房子票子都没细究，几乎是慌不择路、仓皇逃命。

她和小李是大学里认识的，大学里谈男友的好处很多，比如恋爱目的更纯粹，以结婚为目的的恋爱就很不纯粹；比如对于某些不喜欢单身的人，身边有个定下来的人可以省掉很多寻寻觅觅的时间，安心在工作和学习上。

但大学里谈恋爱也有很多坏处，很致命的一点：作为学生，和上班的社会人完全不是一类人，学生恋爱阶段难以预判一个人的职业能力，而职业能力又将直接影响婚后的生活质量。从学校到工作，不亚于昆虫的完全变态，那是从肉体到灵魂的破茧成蝶，或成蝶，或成蛾子，或成屎壳郎，或成拉步甲。

小李是一条漂亮强壮的毛毛虫，走上社会后变成一只闲庭信步的蝴蝶。小罗则是一条懒懒散散的肉虫子，一上班就成了狂飙突进的大步甲。小罗嫌弃小李不上进，小李觉得小罗不会享受生活。

性格改变命运，职业又能改变性格。准确地说，是职业环境改变性格。

小李长着一张丰润的脸，面人儿一样的好皮肤，嘴角总是漾着三分笑意。他在机关做审计，工作稳定，前途没有，同事多是知足常乐的收租人士。他上班悠哉，下班看书打游戏，作息规律，保养得当，对这样的小日子极其满意。

小罗在五大审计师事务所中后来倒掉的那家工作，前三年一边拼 OT（OT 指 overtime，加班时长，这是小罗前期收入的重要组成部分。OT 不是你加班多少就能报多少，要看经理人品），一边考 CPA，周围大多是焦虑过剩的中产，天天忙到飞起，遮瑕膏盖不住黑眼圈。

两个人为此没少吵架。她烦小李整天腻着她，要一起看电影，要一起出去玩。小李烦她整日出差不在家，回家也是对着电脑填表。

一个说："你年纪轻轻不思上进，跟一条咸鱼有什么分别？"另一个说："你给资本家打工还打出优越感来，你算算每天有几分钟是在为你自己活？"

基层价值观的冲突是最难调和的，最后谁也不服谁。过了几日，两个人想想也没意思，你加你的班，我划我的水，井水不犯河水，过得比大多数夫妻幸福。

渐渐地，小李学会不打扰小罗，自顾自玩耍。而小罗发奋考过

CPA，终于有了签字权。此刻，已是她入职的第四年，掐指一算："差不多可以跳个槽了。"不过，跳槽之前，有一件事不得不做：生孩子。

人不出事的时候不会意识到惯性对人的强大支配，所以才有那么多坐副驾不系安全带的人。对小罗而言，生孩子就是人生惯性里的一个脚步。动物到了发情期会生小动物，小罗到了一定时期会生小孩。

小罗预期将来的职位只会越来越高，也就是说生孩子造成的职业损失会越来越大，不如趁损失还在可控的范围内，生个孩子。公司最烦女员工入职就请产假，趁现在用完这家公司的福利，跳槽后也不会太惹人厌。

二

钱锺书说旅行是感情的试金石。"一个月舟车仆仆以后，双方还没有彼此看破，彼此厌恶，还没有吵嘴翻脸，还要维持原来的婚约，这种夫妇保证不会离婚。"

这一听就是男作家说的话。女作家大概会意味深长地一笑——"跟生养孩子比起来，旅行算什么？"不过这也不一定，因为生孩子的作家并不多见，或是本来是个挺好的女作者，一生孩子，作品就少了，成不了作家了。

很多女人对婚姻的期待是"婚姻给我带来幸福的生活",很多男人对婚姻的期待是"婚姻不耽误我幸福的生活",一个求收获,一个求不付出。可是一个想要收获,另一个就不得不付出;一个想要不付出,另一个就没有收获。这种认知差异导致夫妻间从鸡毛蒜皮到杀人放火的恩恩怨怨。

人们说付出才有收获,但在生孩子这件事上,是收获了你就不得不付出。小罗不可避免母亲的职责,小李不得不当爸爸。

小罗的婆婆前来照顾孩子。小罗妈妈有经验,心想婆婆照顾的肯定是孩子,那么她就来照顾产妇。

小李去上班后,不大的家里塞下三个人,空间就局促起来。小罗妈妈因为觉得女儿孕期收入都比丈夫高,很有皇太后的架势;小罗因为孩子是顺转剖,吃了不少苦,就觉得自己理应受几日迁就;婆婆因为小罗生的是一个女孩,并不十分认可她生产的功劳。

白天婆婆觉得自己以一敌二,受委屈也压着,到了晚上小李回家,她自觉来了援军,添了些底气,说话就硬朗些。小罗和她母亲一听就使眼色,这两个一有眼色,那两个看到也是一个眼色。四目相对,暗流汹涌。小罗嗔着小李回家后不做家务,小李很冤枉,家里没事可做,他做什么他妈就抢着做了。

小罗不太明白,多一个小孩儿,怎么会多出这么多事来?其实刚出生的孩子，事情本来是不多的，无非吃了睡睡了吃，但家里多了两个大人，做饭的工作量就多了一倍。放东西的习惯也不一样，这个用完剪刀随手一搁，那个要用了又一迭声地要找。一个让孩子盖被子，一个让少盖些，亲家都是会做人的人，不好明着吵，于是小孩儿盖上盖下，一个刚换了尿布，另一个又去看该不该换，没事把孩子闹醒亲一亲，大家忙得莫名其妙。

三

婆婆白天带孩子很辛苦，头发也白了不少，小李倒是更滋润了。妈妈舍不得让儿子干活，小李干的只比没孩子时更少。

"婆媳带孩子"和"夫妻带孩子"有很大的差别。论理婆婆是好婆婆，老公也不是不讲道理的老公。小李觉得老妈带孩子比他专业，能让媳妇轻松一点；媳妇觉得老公带孩子是平等互助的同学关系，但婆婆带孩子，就会变成教育指导的师生关系——而老师是有权威的，母亲也是有权威的。

小罗喝着不放盐的猪蹄汤，哺乳动物的领地意识在体内隐隐发作：这个家，到底谁是女主人？

小李妈妈指挥着一切，小李对孩子做的事，仅限于孩子吃饱睡好不号的时候抱抱亲亲，孩子一哭一闹一拉屎，他就把孩子往老婆或妈的手里一扔，跑得飞快。小罗让他做什么，他也不拒绝，只说"马上"。小李妈笑着说："小时候家里养小鸡，他也是这样，玩是要玩的，偶尔喂一喂，从来不扫鸡屎。"一脸宠溺。

小罗一夜之间"养"了两个孩子：大儿子、小女儿。当然喂孩子哄孩子还是她的事。小李一抱孩子就手疼，左手换右手，右手换左手，小罗看着闹心，揽过来自己哄，说："懒的，我怎么不疼？"没两周，自己就得了腱鞘炎。

那一年，回忆起来都是吵架。她本来是个说话都不会大声的人，一次次吵得精疲力竭。到后来她一说话小李就闭嘴，看上去虽是小李落下风，实际上却是小罗处于被动。她的指责、她的眼泪、她的怒火，都等不到回答。

最后让他说"马上"也要吵，不小心烫着孩子了也要吵，孩子发烧大人吵，不管谁出门回来晚了点也可以吵……一切都可以成为战争的导火索。一个情绪化地歇斯底里，一个若无其事地冷眼旁观；一个越歇斯底里，一个越若无其事。细细琐琐的争执一点点累加起来，精神疲劳反复积累着，只等着最后崩裂的一瞬。

四

小罗找了个育儿嫂，准备重新找工作。婆婆说不必不必，她来就好。小罗硬让她回去了，又是一场吵架。

她打电话给熟识的猎头，才知道在生孩子这件事儿上，女人不生是错，生了也是错；生得早是错，生得晚也是错；意外怀孕是错，想生生不出更是错上加错。

　　没有单位想要没有孩子的育龄妇女：将来产假岂不是公司帮她养孩子？也没有公司要一个六个月孩子的妈妈：哺乳期的妈，当然精力都在孩子上，不会好好工作。

　　你若真的去带孩子了，将来也没有公司要一个三岁孩子的妈妈：脱离社会太久，做不好。反正孩子就像树上摘下来的。

　　产假结束后，小罗直接辞职，又休息了几个月，孩子六个月时，她让亲妈也回家，自己给孩子断了奶正式出山。这山，不好出，但再不找工作，她怕自己憋死在家里。

　　小罗精挑细选的排卵期，错开了忙季错开了新东家，小心翼翼避免得罪家人得罪同事得罪客户，到头来谁也不得罪，就得罪了自己，最终不得不找了个委屈的岗位。

　　育儿嫂让小罗省心不少，但毕竟没有婆婆做事多，说好了育儿，无关育儿的事情一概不做。小罗天黑下班，看着圆滚滚的小宝宝、打游戏的大宝宝、冷锅冷灶的厨房，第一次意识到谁才是家里不必要出现的人。

　　并不是没有和他闹过，闹一闹，好一点，三天不闹老样子。闹得最厉害的时候，她开着车飙在环城高架上，她终于意识到他是改不了的，她想着下雨了还有车窗雨刮器，流泪了眼睛却没有，泪眼模糊的她回家还默默检讨了下：不能再这样了，毕竟车上还有宝宝。

《女儿才六个月，我想离婚》——那之前，小罗怎么也不会想到这个天涯标题会发生在自己身上。但当时当日，这个愿望如此强烈。

五

"让父母接受自己离婚的事实"这件事远比"做出离婚的决定"要困难。对很多决定离婚的人而言，另一半不管多渣多贱，事已至此，总是能面对。自己的亲生父母，反是一道过不去的难关。

"你怎么这么不争气？"

"你叫我有什么脸去见亲戚们？"

刹那间，小罗忘了自己才是提离婚的那个。

"你把他叫来，我帮你们说和说和，哪里真能离！"

"有什么事不能忍一忍？"

"你不为我们考虑，也要为孩子想一想。"

小罗妈三句话说完，小罗已经血条减半。

小时候，小罗问过妈妈："你喜欢我吗？"

妈妈说，喜欢呀。

小罗问，为什么喜欢呀？

妈妈说："因为你是我的孩子呀。"

妈妈当然是爱小罗的。那种爱，是"生物性"的爱，就像母鸡护着小鸡，大猫守着小猫。这种爱刻录在人的 DNA 里，天赋母爱。这种爱，不因孩子的性格个性改变，甚至有些人即便杀人放火、万恶不赦，依然有母亲深沉地爱着他。

但小罗还期待"人格性"的爱。她期待母亲不仅仅因为一半的染色体爱她，还期待母亲因为她五岁时的小红花而爱她，因为她勇敢地一个人睡而爱她，因为她考上自己喜欢的专业而爱她，因为她得意扬扬地展示自己新做的指甲而爱她，因她的伏特加般猛烈而清冽的个性爱她……因为她是小罗而爱她。

很可惜，妈妈对染色体之外的小罗，没有兴趣，在"女儿"的身份之外，以妈妈对小罗的了解，可能还不如每天打照面的便利店小哥。

"要不是因为你是我女儿，我才懒得管你！"妈妈说。血缘让妈妈爱她，也因血缘，妈妈无法真正爱她。

"真是有毛病，放着好好的日子不过。"小罗妈妈对小李说。女儿虽然离婚了，但是丈母娘和前女婿还在偷偷联系，双方都期待复婚，丈母娘还更热络些，毕竟女儿带着孩子，想再婚的难度比较大。

"我还等着你再生一个孩子呢。"小罗妈妈说，"生个儿子，就硬气了，还离什么婚？"

小罗气得话都说不出来。

小李这边，就算拿到离婚证，他也不相信小罗是玩真的。去离婚的路上，小罗一脸轻松跟他寒暄，他还以为这是她"闹"的最高级。甚至在离婚后的一年内，开始有人给他介绍姑娘了，他还觉得小罗在"闹"，他们一定会复婚的。

他一没外遇，二不家暴，三不赌博，收入稳定，无不良爱好，他没有让人离婚的理由啊！何况小罗还"给他"生了孩子。

他甚至悄悄地打听过小罗的状况：工作平平，没有男友，上班下班带孩子，非常规律。

六

无论如何，小罗开始了单身妈妈的生活，并不比之前糟糕，也没有变得太好。小罗有时候要出差，工作一忙，一切都手忙脚乱。这天她是下午一点的飞机，把孩子送到前夫家里。回来的路上收到短信，说航班取消了。她准备掉头再去把孩子接回来时，正赶上一个红灯，好长的红灯，长得让她想了很多事。等完红灯，她没有掉头，左转拐了出去，去了一家熟识的咖啡馆。

停车位很空，不错，咖啡馆也很空。她很久没有这么空了。没有工作没有家务没有孩子，完完全全属于自己的一个晚上，真是美好。她要了一杯榛子酒咖啡，一块栗子蛋糕。在电脑上看了一本没有名气的小说，她收藏了好几年了，一直没时间也没心情看，文笔真对胃口。她就这么安安静静地看了一下午，抬起头来，天色已经暗了。

属于自己的时间和空间，真好。

她想起小李那种漫不经心的做派，突然意识到，虽然他不热心带孩子有错，但他的生活方式是没问题的。没有人规定积极奋进是对的，优哉游哉是错的。以前是自己刚工作需要打江山，现在守江山了，她决定以后每个周末都给自己放个一杯咖啡一块蛋糕的假。

每周五让爸爸来带孩子去过周末，周日晚上再送回来。别人家小孩都有爸爸，自己的孩子也不能缺。

一周只见一次，所以爸爸带孩子去游乐园，去吃炸鸡可乐，去打电玩，去玩一切小孩子兴高采烈的东西。而妈妈平时只会收走iPad，不让孩子看动画片，让吃西蓝花，不让吃冰淇淋。孩子一天天长大，一天天更喜欢爸爸。

放以前，她会暴跳着指责小李不安好心，但现在不会了。她一点点放松紧绷的神经，给自己和孩子一点空间。一周玩一次电玩，可以；一周吃一次垃圾食品，没关系。喜欢爸爸，总比讨厌爸爸要好。人到中年，越发变得皮糙肉厚性冷淡。

现在的小李倒是比以前好得多，打个电话，让遛孩子遛孩子，让修电脑修电脑，态度端正，表现积极。

　　"如果他继续保持这个势头，复婚也不是不可能，毕竟，没孩子的时候我们两个感情多好呀！"小罗想，"我离婚的时候没想到会复婚吧。不过也可以理解，毕竟，我结婚的时候也没想到离婚呀。"

同年之谊

一

这两个女孩是一起进的公司，一起租一套公寓。

左边那个短头发的高个子，叫苗苗，虽然细细瘦瘦的，却很有大姐头的派头；右边那个在努力整理造型奇怪的头发，略矮些，比较圆润，叫小圆。

"你应该早几天烫头发，这样就算做砸了也可以补救。"苗苗举起镜子，帮小圆照着，好让她看到脑袋后面的头发。

"我哪有时间啊？这几天忙成狗。"小圆继续整理头发，一会儿盘起来，一会儿放下去，最后松松地编了一个辫子，一副心事重重的样子，"还是你们短头发好，方便。"

苗苗翻了个白眼，表示："才不是那样，可是我现在没工夫理你。"

苗苗穿一身西装三件套，打了半斤发胶，头发一根一根竖起，看起来像是异装癖的女生。小圆一身长礼服，仔细看是背心长裙改的，胸口往下拉，肩带卷成两条线，腰部打一根撞色系腰带，踩一双鱼嘴鞋。

这是两个小姑娘第一次参加公司年会。不管别的部门是穿小恐龙连体服，还是天线宝宝睡衣秀，市场部要求晚装出席的规矩几年来雷打不动。

"你这衣服料子真好。"小圆摸摸苗苗的衣服。
"在巴宝莉的门店买的，小心点，别弄脏了，明天我给退回去。"
"这样不太好吧……"小圆轻声说。
"等我有钱了，我再把它买回来。"苗苗说。

"啊，我的脚指甲！"小圆叫道。
鱼嘴鞋的露口处，下午才涂的指甲油脱落一块。
"你带指甲油了吗？我给你补一下。"苗苗说。
"没有。"小圆一边说一边扯头发。

五分钟后，部门要上台汇报，镁光灯下没有暗处。她觉得今天是上班以来最糟糕的日子。
"这个能试试吗？"苗苗从后台乱七八糟的纸箱上抓来一支马克笔，不等小圆回答就蹲下身去，一笔一笔刷她的脚指甲，"就这样凑合了，来不及了。"

这是两个实习生的第一个月。

她们穿着不算优雅的晚礼服，化着过分隆重的晚妆，用马克笔涂脚指甲，磕磕绊绊地走红地毯，签名，介绍自己的工作，端起酒杯和不熟悉的前辈问好。她们还不知道大老板绕桌子的次序，还不知道几个部门的恩恩怨怨，甚至还分不清满脸堆笑从不参加抽奖的人和被供在贵宾席连吃带拿的人，谁是乙方谁是甲方。

二

HR 说，6 月份会有实习考评，会有一整套的表格要填，比如要看直接上司的打分和意见，要看其他部门同事的评分，要看实习生在实习期的 KPI，考评结果决定是否提供 offer。

这是一家应届生友好型公司，起薪很高，相应地，留用难度也不小。即使是实习经历也足以闪耀简历，更何况 offer。两个人铆足了劲儿要留下。

分配的笔记本电脑带不动数据，小圆选择在公司加班到很晚。苗苗虽然到点就不见人，可工作群里随叫随到，SVN 连着公司电脑，在家也不耽误加班。

小圆每天要穿过一个地下通道，某天那里发生了抢劫命案，受害人是一个大四的女生，也在大晚上实习下班，被割了喉咙，满地血。从此苗苗陪她上下班，两个人本来就住一个小区，800多米的路，天亮就走，天黑就打车。

这一路叽叽呱呱，总有说不完的话。前台小姐又穿了什么新衣服，顶头上司又给了什么脸色，谁和谁是一对儿，谁准备辞职，谁辞职了去创业，结果一败涂地又面色不改地回来……

这天说到毕业留用。小圆总是小心规避这个话题。她是个稳妥的人，总觉得没有offer之前，进与不进，说什么都是忌讳。但苗苗从不留心这些："HR说王总的S项目只能留一个人，还有一个要去别的地方，你知道要去哪儿吗？"

小圆听了心一抖，没想好怎么接话，半天嗫嚅着说："不知道呢。"HR跟她也是打过招呼的，另一个会安排去一个名字都没有的小项目，里面一群之前做过失败项目的散兵游勇，纯粹是公司为了安置员工设置的，一旦进去了，不知什么时候能出头。

而S计划是分公司未来三年的核心项目，抽走了整个分公司的所有能人巧匠，如果一个应届生能进入这个计划，几乎可以说半只脚跨进了业界精英的大门。

苗苗一脸向往地谈论这S项目配置如何奢华，里面的谁谁谁是何方大佬，市场前景又如何看好，要是分红了能分多少，说到激动处，手舞足蹈。

小圆根本没听清她说什么，只听了最后一句："要是能进 S 计划，我真是做梦也笑醒！"然后挥手和苗苗互道晚安。

三

小圆和苗苗经常一起吃饭，一起打卡，一起打咖啡。小圆小心翼翼地维系和苗苗的关系。毕竟"合作沟通"和"团队融入"也是考评表上极重要的两项。苗苗则大方得多，嬉笑私语，好像看上去和小圆当了十年闺密似的亲密，十分自然。大音希声，大象无形，她越是自然，小圆心里越是打鼓。

一个月后是春节假期，正式员工都跑得精光，留下两个实习生苦哈哈地轮流值班。也没什么正经事，就是每天用新做的后台，把当天购买的广告数据上传一遍。

正月初一这天是小圆的班。下班时间已经过了，她刚上传完数据，在公司里刷剧喝茶。反正春节不回家，回出租屋也是刷剧喝茶，不如在公司里，网速还快一些。看到精彩时，她接到了苗苗的电话。

"今天的数据你传了吗？应该是放 50k 的量，你怎么放了 500？你查一下有没有输错。"

小圆心惊胆战地点开操作记录，赶紧把还在跑的数据暂停。还好苗苗提醒得早，只跑了 1k 不到，要是这个电话晚几个小时打过来，10 个点击一块钱，一晚上损失 5 万。别说实习转正了，怕是赔钱都要赔死。

第二天交接班时，苗苗看到小圆给她留的早餐，毫不客气地吃了。从那以后，小圆和苗苗在一起时的小心翼翼不见了。当然，苗苗还是那副没心没肺的老样子。

四

实习考核结束了，苗苗在六个组二十几个人中评了第一，小圆排十五，都能留用。与此同时，两个全新的项目也在同时组建中，一边组人，一边做前期的启动，有条不紊。

HR 的邮件下来了，两个人留用，苗苗去 X 项目组，小圆去 S 项目组。苗苗火气大，三两步冲到 S 组的办公室，问老大为什么不要她，明明她的考核分数更高。S 老大一脸的莫名其妙，问旁人："这人是谁？"

费了不少劲儿，苗苗才搞明白。

第一，自己的确是考核第一。

第二，S 老大是非常非常牛的大咖，没心思来处理招应届生这种小事，委托 X 组老大帮他安排，两人是同窗，私交极好。

第三，X 组老大也曾经是大牛，因为做砸了一个项目，现在手下人少病弱，很在乎新人，不管是不是应届生。

第四，X 组老大就把排名靠前的苗苗暗中留给了自己。

"考核成绩好"和"能去好的项目"之间并没有必然联系，也从来没有人允诺过考核优异就能去大组，这个联系是苗苗自己加上去的，并深信不疑。

她二话没说，进了 X 组老大的办公室，开门见山："老大，我想进 S 组。这事儿还有没有商量？"

即便两个组的实力再怎么悬殊，老大和老大之间终究是平级，面子上并不会为一件下级的事情伤和气。但苗苗说进不了 S 组，她就辞职，咽不下这口气。

这就尴尬了。已经签了合同的人，就是公司正式员工，一旦辞职，就要走一整套辞职流程，要 HR 谈话，记录辞职原因，上级乃至上上级审批。这事儿说大不大，说小的确很小，但有点麻烦。

HR 把苗苗、小圆叫到一起面对面谈话，最后把苗苗放到 S 组，小圆放到 X 组，换一换。两边老大对此一点儿都没关心，就好像大公司换个看门老大爷，你说换就换，总经理不会过问。

小圆觉得理所当然，顶多是天上掉的馅饼又飞回去了。苗苗志得意满，很期待正式入组后的工作。

<h1 style="text-align:center">五</h1>

S 老大是很好的人，也是很有经验的领导者。但一个很好的人和很有经验的领导者，不代表一定能做红一个项目。有些行业是这样：做一百个项目，能大红大紫三五个，剩下的都是死的，对公司来说，那三五个项目能把死的项目的成本都覆盖掉。

X 老大做死了不少项目，但死过很多次不代表下一个还会死。总而言之，自由经济下的所有高利润行业都有赌博性质，输赢看人品。X 老大这次人品守恒了。

两个项目相安无事地做了两年多。S 项目超豪华阵容，人多力量大，各种需求雪片般飞来。苗苗每天忙得鸡飞狗跳，办公室放了牙刷和行军床。

小圆做一个佛系项目，6 点准时下班，每天和男朋友吃饭，回家玩烘焙，周末摘草莓，在一片 996 乃至 12127 中堪称一股清流。X 组也被称为"养老院"组。小圆非常满足，虽然在行业里，这个称呼并不是什么好词儿。

她和苗苗很少在一起聊天吃饭了，因为苗苗实在太忙。她看着苗苗捋起袖子撩上刘海，坐在三台显示器前的样子，像极了一台

CPU 运转 100% 的电脑，似乎还能嗡嗡地发出声音。

苗苗吃饭或是上厕所回来，偶尔会看见新鲜的水果或是手做蛋糕饼干装在玻璃盒里，放在桌子上醒目处。她吃完后，那个玻璃盒又会在她吃饭或是上厕所的时候消失不见。她心领神会，那是小圆的小礼物——她可是做大项目的人，不少人想巴结呢。

一年半后，两个产品都上线了。

市场从不跟人讲道理。S 项目超大方广告费，一上线就扑街。而本来极小的 X 项目，五个人磨磨蹭蹭做了个非正式版本，却被莫名其妙地追捧上排行榜前十。

网络世界就是这样，只要有人愿意捧你第一波，接下去的人气根本不用愁。X 游戏在众人不解的目光中冉冉升起，老板看着欢喜，不断增加后续投资，项目组渐渐扩大。五人组时的小圆俨然成了核心人物。

这一年，小圆毕业三周年，分红 80 万，分到自己都不信。苗苗在豪华团队里，拿着死工资欲哭无泪，一遍遍确认"努力的方向比努力本身更重要"。"项目大小"和"赢利能力"没有必然联系。

一个人，不管怎么雄心壮志，这样来一次，就能被磨得没脾气。

六

苗苗花了很多时间，终于接受了自己更有能力、更努力且更穷还单身的设定。然而此刻，小圆的处境却发生了变化。

X 项目本来就人少，小圆入组又早，80 万的分红让其他人虎视眈眈。X 老大找了由头，要求她换岗。顺风顺水的她突然遇到这种意外，躲在顶楼的卫生间里哭得不能自已，一半是吓哭，一半是气哭。

苗苗气得大骂 X 老大王八蛋，小圆说："钱是小事，就是顺不过这气来。"

"几十万是小事？你要是一直待在组里，明后年，不得分个上百万？"

"也就一二百万。"

苗苗呆滞了一秒，问她有多少钱。问完了才知道小圆家境感人，光是房子就十个手指数不过来，来这儿上班只是为了有个正经职业。

苗苗表情复杂地说："起码你还拿了 80 万，不算很亏了。"说完倒把自己气哭了，你还有 80 万呢，我什么都没有，你这分红赚得这么轻松，我这工资赚得这么辛苦，这什么世道！更可恶的是，这糟糕的对比还是自己当年苦苦求来的，早知今日，当初干吗要换组！生气，生最大的气，莫过于生自己的气，气得大哭。

两个人躲在卫生间里一起哭，各人哭各人的眼泪。

就像科举考试有同年之谊——不管大家来自哪里、年龄差别多大，只要是同一年同科进士，在官场上就会有特殊的感情，这不仅仅是给抱团取暖一个理由，更是因为大家有同样的经历。即使岁月流逝，他们还会记得那个改变命运的一年，那年的考题，那日的天气，那天的皇榜，以及那段时光的所有记忆。

同一年的应届生会建立起格外坚固的友谊，他们做同一套笔试题，同一天体检，同一天签合同，有同样的青春记忆。更何况苗苗和小圆是同一期的实习生，革命战友。

一起骂过领导，一起骂过男人，这大概是女性友谊的丹书铁券。心思细密的有钱人家的大小姐小圆，和直肠子没脑子的苗苗，从这一日卫生间的眼泪里，建下彼此的共同记忆。

多年后，当两个人自己带队伍时，当她们交换彼此的职业资源时，当她们看着简历挑实习生时，依旧会记得这天下午卫生间的不明不暗的阳光。

对苗苗而言，这日的阳光和眼泪有更深的意义。

所有人都说努力就会成功，这是错的。努力了也不一定能有。努力代表一种积极勇敢的精神，而不是一种手段。努力是一种自救，是让人在遭遇失败时可以对自己说："我已经尽力了，不是我的错。"如果你相信努力就会成功，那你失败的时候要怎么办？信仰崩塌？

也不该相信人生的目的在于努力，"努力过"就好。我没有得到我想要的，我如何自我感觉良好？承认"我不好""我不走运"，让自己习惯和"不好"和平共处，承认就是有人比我走运，又美家里又有钱偏偏喜欢白手起家还赚得更多更轻松，学会和这些莫名其妙的现实和平相处，就像近视患者和眼镜和平共处，是需要学习才能明白的事。

小圆也不算糟糕。她现在很少加班了。倒不是因为升职了有了人手，而是她买房了，买房这个决策直接获得的收益，远远大于她工作五年 996 加班的薪水总和。她已经变成了一个心平气和的职场女人。

花　嫁

一

今天是小雯出嫁的日子。

按规矩，中午要从娘家接新娘，可是她母亲怎么也不让从家里走，说家里风水不好，非让迎亲的订个酒店接人不可。素来只有外嫁进来的新娘这样安排，本地人很少如此。小雯对此已经见怪不怪了，说："随她去吧，反正也就一回。"

母亲订了高级套房，里里外外装饰了一番，虽不能像自己家里做得扎实，但费了不少心思。门口贴了大红喜字，床铺换成了红色，大灯上垂下来拉花，天花板上飘着气球，床头柜里的《圣经》都换成了观音送子的帖子。会客室茶几上立着硕大的结婚照，果盘里装满了喜糖巧克力。

听说美国人对长大很有分寸感：16 岁可以开车，18 岁可以申请信用卡，21 岁可以喝酒，这样一点一点算是长大。中国对长大没有什么概念，有时候是工作算长大，有时候是结婚算长大，有时候死掉才算。

小雯觉得今天是宣告长大的日子，虽然她对自己的婚礼远没有她母亲热情。母亲把婚礼当作孩子的成年礼，意味着母职的完成，属于仅次于生死的大事情；小雯觉得自己早就工作买房独自生活，婚礼是一场为父母亲友举办的耗资不菲的大型 cosplay。一个太过重视，事事精心，一个毫不上心，都随君便，反促成她们罕见的和谐。

母亲看起来很憔悴，连日的琐事筹备让她力不从心。她的头发被仔细染黑，然而由于染得太过精心，有了一种死板的黑色，像是假发，有着欲盖弥彰的苍老。她的身材有些臃肿，收拢的腰线、高挺的旗袍领，每一块肉都躲在重磅真丝里费力寻找藏身的空间，像雷暴天缺氧池塘里的鱼。

女儿看起来很明艳，她有着窄窄的鹅蛋脸，尖尖的鼻子，标致的杏仁眼，说起话来，眼神儿一飞，所到之处都是春光。婚前请的健身私教很有手段，两个月的突击训练让她浑身紧致了一圈，虽然体重没有减，但是身上腰是腰，屁股是屁股，各自坚守岗位。拍婚纱照的摄影师都说她身材好，后期没太大工作量。

接亲的时辰还早，这边已经准备好，静候的时光显得格外漫长。

母亲坐在沙发上，小雯坐在对面低头刷手机。她已经很久没有和母亲独处了，有些尴尬。

"以后，对你男人要好一些。女人要温柔一点。"母亲说。小雯嗯了一声，没有抬头。

"你过来，我跟你讲——"母亲一把抓过她的手机，逼她抬起头来，然后把家里的房产信托理财实物金银一桩一桩告诉她，像是交代身后事一般郑重。

"这些都是你的。我这一辈子，已经完了，这些都是你的。"说完，母亲瘫坐在沙发上，整个人都松弛下来。然后，她将一将头发，指着茶几上的大照片，笑着说："你看你长得跟我年轻时一模一样。"

小雯看着沙发上的胖大妇人，没有说话。有人敲门，迎亲的时辰快到了，伴娘和亲戚要进来预备。母亲支撑起身子，勉力去开门，她回头对小雯说："我叫你对男人好，不是让你对男人掏心掏肺。你记得给自己留条后路，不要吃亏啊。"

她终于流下泪来，说："妈，我走了。"

二

小雯第一次怨恨母亲时才三四岁，持续了三十年。

她吃了一碗年糕，非要再吃一碗不可。母亲怕她积食，不让她吃，她不肯，抓着碗不放手。母亲再三警告无效后，一把拎起她，拎到阳台用衣架打。她记得那么清楚：绿色的洗衣机像一堵高高的墙，挡住她的全部视线，她踮起脚，只看到洗衣机上的塑料衣架露出一个角。衣架被抽走了，塑料抽打在她背上、屁股上，她哭得透不过气来，不停地求饶："妈妈，我不敢了，妈妈，我不敢了，不要打了。"

　　这是记忆中母亲第一次打她，或许早先也打过，但她不记得了。在那以后，母亲经常打她，理由千奇百怪，打狠了，她哭母亲也会哭。有时候被父亲知道，他就会急急跑过来，夺过衣架。她努力吃饭，期待长大，等她长大了，母亲就老了，她可以打回去。每一个挨打的小孩都渴望长大。

　　家暴是一种接触传染的疾病，一旦患病，很难治愈。母亲从小被外公满屋子追着打，直到小雯懂事了，外公还笑呵呵地提起当年"我追着你妈半条街，抄起一条板凳，你妈现在眉毛上还有一道疤"。母亲在一边尴尬地笑。年少的她曾发誓等自己有孩子了绝不动孩子一根手指头，不过等她有了孩子，孩子一哭起来，这可能就是另一回事了。

　　在不打人的时候，母亲是个很好的母亲。

　　年轻的母亲心高气傲，有一种张扬明艳的美。她深知自己的美十分珍贵，立志不负青春，一定要拣个有才有貌的嫁，最后果然嫁了个国企厂长，也就是她的父亲——在那个年代，以她的平凡家世，算是了不起的成就。厂长比她大十几岁，前妻病逝后一直没有续弦。母亲在这方面倒是想得很开，食得咸鱼抵得渴，有新房子有家具，录音机手表缝纫机一个不少，还可以蹭小汽车坐，没什么不好。

婚后，她嫌自己岗位差，让父亲调一调。她没什么学历也没有技术，厂长怕她捅篓子，调来调去不过那些清水闲差，她掐尖要强的本性爆发出来了，天天跟人吵架。

也可以理解，一是因为她一来就当厂长夫人，没从科长夫人、办公室主任夫人一路修炼过来，不知道做人低调的必要性。二是因为那年头的厂长夫人并没有她想的那么荣光：除了单元房，蹭小汽车，过节多发一箱苹果，白天的好处很有限；面对一个半秃的中年男人，晚上的坏处却很明显。内分泌失调或是别的原因，让她忍不住自己的内心之火，吵架吵着吵着就会忍不住打人，把父亲打得满屋子跑。

后来发生了一件事，让双方势力反转——父亲从国企厂长变成了私企厂长。从父亲当上私企厂长的那一天起，母亲就再打不过父亲了。父亲用一只手就可以把她死死钳住，她顺滑的发丝滑落下来，挡住了视线，心里却很明白：这个家，不再是她说了算了。

三

父亲经常往南方跑，生意做得很大，房子换了，车子换了，也给母亲买衣服买鞋，但除了日常零花，真金实银是一分钱都落不到她手里。房子是父亲的名字，车子是父亲的名字。她还是那个心高气傲的美丽女人，只是她的心再高高不过别墅的两层楼顶，气再傲傲不过父亲一句"晚上不回来了"的电话。

好在她有了孩子，有了脾气的出口。小雯长大后了解到这些，就会觉得很讽刺，是她的出生盘活了母亲死水一般的人生，母亲却口口声声说："不管怎样，我生了你。"谁又欠了谁的呢？

母亲知道南方的市场很大，外面的女人很温柔，知道父亲这样体面风光的人物很招女人喜欢。她不是不爱父亲，只是不会表达不满，也不会堂皇质问，她甚至觉得质问父亲"有没有情人"这件事对自己已是羞辱。同理，她不是不爱小雯，只是不知道如何告诉小雯她的爱。她焦虑着拧巴着闹得一家人都不痛快。她的爱是森林大火过后余烬里的微光，微弱得不够取暖，却又危险得足够把森林毁灭第二次。

那年小雯十岁。父亲对母亲不上心，对她倒很好，她有漂亮的红舞鞋，昂贵的蓬蓬裙，粉红色的小自行车，以及一切在这个城市昂贵到无法买到的少女心。她喜欢吃葡萄，父亲亲自下乡去摘一箩筐；她喜欢吃葱油鲫鱼，父亲带着下属去水库钓鱼。有时候她怀疑母亲对她的无端动手是出于嫉妒，嫉妒父亲对她的爱。

母亲一心盼着父亲死，起码他死了他的钱是她的。她容颜一天天枯槁，他却越活越年轻。她的愤懑一天一天积累着，女儿被子不叠是错，考试考不好是错，不吃胡萝卜是错，头发毛糙也是错，总之，小雯觉得自己从头到脚没有一处挑不出错，咒骂声在空荡的屋子里格外刺耳。无论如何，她都无法让母亲满意。可能她的出生就是错。

直到父亲出了事。

父亲带下属去水库，连人带车翻落到水库里，再也没有醒来。

母亲的精神受了很大的刺激。祝福要是实现了，会让人快乐；诅咒要是实现了，只会让人空虚。母亲一度觉得是自己造成了父亲的不幸，瘫坐在墙脚，无法接受这个现实。小雯则根本没有时间悲痛，她忙着联系爷爷奶奶，报警，做笔录，提供父亲生前的往来账目，和族人一起善后。小雯走过去安慰她，她跳起来抓着小雯的长发，通宵未眠的眼睛红红地瞪着小雯，一巴掌拍下去，怒吼道："你害死了他！"

小雯劈空抓住母亲干枯的手腕，牢牢握在手里。那是母亲最后一次打她，她让母亲从此知道，女儿终究还是长大了，她再也打不动了。那一年，小雯 16 岁。

母亲最后还是拿到了一笔不大的钱、一些掺了水的股份，以及房产。公司里的事她曾经不知道，以后也不会知道，她只知道孤儿寡母被欺负了，但她毫无办法。好在她终于有了钱，当初想着花钱的法子却一个也没用。这些钱是只进不出的，她必须死死守住，她变成一毛不拔的铁公鸡，悭吝得惹人厌。

青春期的小雯，一夜之间从衣食无忧的小公主，变成从母亲手里讨生活的小乞丐。衣服裙子没有了，零食蛋糕也没有了，买磁带碟片的钱也没有了，学习上的花销倒是从不少给。她在这种断崖式下跌的生活质量中，渐渐学会忍耐。她不是没有跟母亲吵过，吵得精疲力竭，想要的钱还是一分没有。空荡荡的家如同日渐短小的衣服，让她觉得逼仄无比。

18岁，小雯终于远离这个湿答答的城市，远远地去了一个阳光灿烂四季如春的地方上大学。她上学第一天就无比快活，像笼中鸟飞入花园。这里的一切都是新的，呼吸也是顺畅的。而母亲很不适应独居的生活，每天早晚两个电话，永远透着焦虑和紧张："钱够不够？你不要乱花钱。"小雯拿着一个月600元的生活费，在话筒边忍不住"哼"了一声。

18岁的她正处于一生中最昂扬的青春，但远没有她母亲当年的美。没有化妆品的修饰，她斑斑驳驳的肤色、蠢蠢欲动的青春痘、不合时宜的衣服暴露了18岁的本质。她低头弓背像犯了错的孩子，在校园里行色匆匆。

尽管如此，还是有小伙子发出恋爱的邀请，她惊慌失措又欢欣鼓舞，每天看着手机短信，笑着睡下，笑着睡醒。不久她把男生的号码加入亲密人套餐，每月600条短信随便发，她的笑容又多了几分。

再不久有了飞信，短信不用花钱了，她的笑没有下过脸。父亲过世后，她再也没有感受到这般暖意。

尽管她谨慎地不在母亲面前提一个字，母亲还是敏锐地感受到了——也不需要多敏锐，她小雀儿一般轻快的情绪实在是欢乐得要满溢出来。

"你交男朋友了？"母亲问。

"我没有。"她说。

"他什么专业的？"母亲问。

"我没有。"她坚持道。

"哪儿人？"母亲问，"你别骗我了。我肚子里出来的，会不知道你在想什么？"

母亲不遗余力地打听男友的家庭状况。小雯说他家境一般，她说将来发达了会变心；小雯说其实也不算差，本地人多少有点底子，她说会始乱终弃。小雯气得发抖，说："你怎么这么喜欢咒我？"母亲说："我是为了你好，大学里的男生，当不得真的。以后妈妈给你挑个称心如意的。"

小雯从此不再和她讨论自己的生活，永远在电话那头："好，好，好，我很好。"保研失败了，好好好；面试被拒了，好好好；被房东赶出来了，好好好；换工作了，好好好；这个月的钱打给你了，我一切都好，我不想谈恋爱，我不相亲，我不着急。

"我一个上班的人，我要交房租要换手机要买衣服化妆品，你守着金山整天问我要钱，你知道我现在在过什么日子吗？"终于有一天，小雯在电话里爆发了。

"妈妈都给你攒着啊，妈妈不要你的钱。你爸爸不在了，将来要是有个什么……"母亲在电话那头哭了起来。

小雯坚决不给钱，一个月3000块，扣掉房租只能吃白饭了，这对25岁的女孩子而言，太残忍。

一天清晨，她上班时发现母亲坐在公司门口的花坛上，也不拿个报纸，就坐在那里，安静地发呆。"你怎么来这里？你回家去。"小雯说。"我没有地方去。"母亲说。"你住在哪里？订了旅馆吗？我送你回去，快站起来。"母亲喃喃道："我没有地方去，你不要我了。"竟捂脸哭起来。公司门口人来人往，小雯轰的一声，只觉得脑子要炸。"我打钱给你。"小雯说。此番回合结束，小雯认输。

终于有一天小雯准备结婚了，还是那个男生，一场十年的恋爱，会不会"终弃"不得而知，无论如何说不上"始乱"了。十年间，母亲绝经了，胖了许多，因此不见老，变得慈眉善目起来，她和颜悦色地邀请男方父母去家里吃饭，也算是正式提亲。

上前菜的时候还好好的，直到端上一条鲫鱼时，母亲突然说出一个词，双方就再没有下过筷子——彩礼。

小雯并不住在一个看重彩礼的地方，然而母亲谈彩礼时绝不松口的语气，让双方谈到几乎决裂。

"恶人我来做，铺好路你去走。钱都在账户里，都是你的，你不要被骗了去。"母亲说。

小雯一直以为母亲老了，她的力量消失了，剩下的只有暮气沉沉的温柔。可是，再温柔的母亲，面对孩子，依旧会爆发出惊人的力量，固执、坚韧、不可理喻。

几天后，母亲笑嘻嘻地宣告胜出。她列出所有现金，加上硬生生要来的十五万不合时宜的彩礼，对她说："去买套房子吧，只够交首付的，之后用你自己的首套房公积金还。你要当人家老婆了，自己手里总要有点东西。"

她恍过神来，明白了母亲一世的不甘。

花团锦簇，宾客盈门。同样是婚礼，一娶一嫁，气氛总有些不同。娶妻的锣鼓欢腾，嫁女的再高兴，总是有些感伤，甚至凄然。母亲交代完钱财，休息片刻，缓缓打开门，神色已是眉飞色舞起来，下楼高高兴兴地去招呼客人。

"小雯大喜的日子，今天我最高兴！"她说。

门当户对

周佳怡结婚的消息，一度震惊了所有人。

家世平平学历平平工作平平外貌平平，总之，什么都平平的她，嫁给一个企业家的独子。企业家手下两家公司，多处房产；独子青年才俊，藤校海归。据说是男孩子追她追得紧，公婆也极喜欢，婚礼办得赫赫扬扬。

再平平的女孩子，嫁得富贵总会有赞赏；再普通的男孩子，娶到美女总会有人钦羡。素日看不起她的人，纷纷点头叹服；素日与她亲近的人，反倒有些莫名的不屑。没等围观群众合上下巴，婚后的周佳怡就消失在茫茫八卦里。

"她是嫁得好。不过也应该嫁得好，她爸妈太聪明。"刘小毛如是说。

刘小毛是周佳怡的邻居。据她讲，周佳怡的人生是被精密规划过的：每一步都走得恰到好处，从来不会输。

她考大学的时候，各种加分加起来，她超过最低分专业的最低分数线一分考上一所普通学院，他爸在学院财务处上班。大二，她转到略热门的专业。毕业后，她进了妈妈的单位不拿工资实习一年，之后参加考试，也是不多不少刚好超一分考上了编制。

当然，这些精密规划的背后，是她的父母殚精竭虑的人脉运作。

"越是力气不大的人，越要把每一分力气花在刀刃上。"这是周妈妈的人生哲理。

"我准备 25 岁谈恋爱，27 岁结婚，28 岁生小孩。我妈说 27 岁刚刚好，再早显得很着急，再晚就不好挑。28 岁生孩子也比较好恢复身体。"刚转正的周佳怡这样对刘小毛妈妈说，"谢谢阿姨的好意，但我妈说我还不着急的，我今年才 24 岁。"

这一年，周家父母卖掉了家中一处投资房产和自住房，买下郊区一处小别墅。好在早年拆迁的底子厚，家里还有一处商铺一处住宅收租。

周家有个亲戚在浙江开了个快破产的工厂，周爸爸跑过去入股了几万块钱。

就这样静悄悄地完成一场"家的整容"。

把周佳怡提炼成文字放到人民广场。

24 岁的她是这样的：

女，1988 年生，本科，无收入。父高校职员，母事业单位工作。

25 岁的她是这样的：

女，1988 年生，本科，事业编制。父企业家，在浙江开工厂，母事业单位。

25 岁的新年一过，时辰就到了。

刘小毛妈妈给周妈妈说了几个小伙子，都不甚入周妈妈的眼。

周妈妈的想法很简单：你自家还有个女儿没结婚，看到好小伙子怎么会留给我们？当然是自己要过过目，剩下不要的才介绍出去。

刘小毛妈妈当面没说什么，回去跟老公当笑话讲："她也不看看我女儿什么水平，她自家女儿什么水平！我家小毛一个月收入她女儿要做一年，她好意思跟我一个篮子挑菜叶？"

周妈妈把注意力放在单位的老姐妹上。

中年女人对"挑女婿"这件事，总有着异乎寻常的上心，不管是不是给自己挑女婿。

一个个年轻男性的名字从她们口中进进出出，咀嚼着，咂摸着，从头论到脚，从脚说到头，说得神采飞扬眉开眼笑。

男人，不管什么年纪，评论年轻女人都被视为天性。

而女人，过了一定岁数，聊年轻男人便被认为有失体统了，唯有讨论女婿的时候可以例外。盖因男女之事，女人讨论有伤风化，生儿育女，女人讨论却是天道妇职。为这小小的夹缝里的珍贵的例外，老姐妹的热心显得极为堂皇而正当。

老姐妹嘴里，何俊伟这个名字并不是一开始就跳出来的。她们先看上的是何的同学小乔，小乔的亲戚和其中一位老姐妹，恰好有着八竿子刚好能打到的关系。老阿姨们郑重其事地交换了双方微信，她们深知，联系方式一旦交出去，之后的走向就不是她们能控制的了。正如她们不知道何俊伟怎么搭上的周佳怡。

本来大城市女多男少，略平头正脸的男孩子往往不甚着急，若是名下有两套房，不管贷款付没付清，更多添一份优哉游哉的慵懒气质。

女孩子若是恋爱经验少，临场上阵，心情多有忐忑。忐忑的倒不是相亲本身，也不是相亲对象，而是相亲的结果——那些介绍人往往来自熟人圈子，正目光灼灼盯着结果。

女生既怕因为过于倨傲让对方不爽，又怕对方先拒绝了她，让她成为笑柄。最后往往箭在弦上扣而不发，若对方有一丝一毫的简慢，她定要在对方拒绝她之前先下手为强。

"小乔说周佳怡懒懒的，周佳怡也说小乔懒懒的，两个人都懒懒的，就没意思了。"刘小毛说，"后来也不知道哪个角落里冒出来何俊伟，很是活泼，一路捧着她，他俩反倒成了。"

何俊伟拜见周妈妈，先说一气自己的留学经历，再讲一通家里的生意，然后说念书好的女孩子情商低，情商高的女孩子太开放，不开放的女孩子长得丑，长得好看的女孩子念书差，最后总结陈词："小周这样的女孩子一切都刚刚好，是最难得的。"再邀请周家父母去自家企业参观——这么起承转合下来，周妈妈已经有点昏昏然了。

周爸爸是见过世面的，然而他见过的世面也就仅限于市民小职员的最大值，至于开公司的世面，毕竟自己没干过，哪怕再入股几十万，也是没见过的，只好留心了细节，回头去托问相熟的人。很快等来了答复："人是真的，名校学历是真的，企业也是真的有。"

这消息如同跷跷板，周爸爸的心放下了一头，又悬起一头。

别人是真的，自家却是虚的，务必要周全妥帖演足全套，不能让对方看出马脚来，必须把注意力全部放在自家女儿身上。

"佳怡啊，你出门吃饭跟他 AA，不要让人花钱。情人节你送贵一点的东西给他，不要小气，爸爸出钱。星期天再去买一点儿衣服、包，大方点。"

可周佳怡这辈子都没大方过，一下子学起来，未免有些虚张声势。好在何俊伟也没发现，佳怡越是跟他 AA，他付钱越是勤快；佳怡越是送他贵重礼物,他回礼只会更贵;佳怡对他好一点,他的好只会更添一倍。

周家一边是高兴对方上心,一边是心疼钱哗哗地流。

"就盼他们早点儿结婚,再这么下去,谈恋爱都谈不起了。"周妈妈跟刘小毛妈妈说,语气吐槽里带着骄傲,骄傲里却没有吐槽。

之后,何俊伟去了周家,小别墅虽然偏一点,收拾收拾倒是很干净好看。周爸爸去定做了一套西装,周妈妈戴上最闪耀的首饰,何家父母也是体面人,两家人欢欢喜喜吃了饭,谈了谈婚礼安排,刚开场的恋爱就这样平铺直叙结了尾。

以周妈妈的风格,这顿饭本来是最难吃的,戒指要多大,金器有多少,镯子要什么成色,新房要不要重新买一套,名字改不改,装修风格听谁的,婚礼在哪儿办,多少桌,一桌几钱,婚庆请哪家,蜜月去哪里……这一桩桩都是硬骨头。

然而当座上宾是何家父母时,这骨头就酥了。这顿饭是绵延几十米的多米诺骨牌的最后一块,只怕一不小心说错什么,就哗啦啦全倒了,血本无归。

越是高攀不起,越是要装脸面;越是喜欢,越是要装不在乎;越是想要,越是不能要。

谁比谁更赶着上,谁就先露了破绽,先输了一局。周家绝不能输。

订婚后很快就是婚礼,两家都很着急。男方的着急更像是一种礼貌,可以敞开天窗亮出来;女方的着急则出现在一家三口的饭桌上,伴着白米饭咽下去。

周佳怡是最不着急的那个人。她摸着硕大的订婚戒指,拿出来,看一看，又放回去。周六比周日好，周五比周六好。期待结婚比结婚好得多，尤其是笃笃定的心满意足的结婚。

她唯一的遗憾是自己没有仔细布置婚礼、筹备嫁妆。这本是女人一生中最能放肆购物的时刻，理所应该的、合情合法的、毫无愧疚的。她匆匆忙忙置办了一些衣服，用的是自己的钱。男方没有给现金，给的是实物：沉甸甸的大金镯子，成套的高级瓷器。虽然花色有些过时了，不像是专门为了她买的。

周佳怡的婚礼，是何俊伟的脸面。

浩浩荡荡的车队绕城三匝，震耳欲聋的锣鼓响彻十里。迎亲炮仗的纸屑积了厚厚一地，十里八乡的亲友都到场了，里三圈外三圈围着记者和保安。周佳怡的心有些发虚，她想要一个盛大的婚礼，但盛大到何种程度，是她的人生阅历所不能想象的。

她说她喜欢紫色，偏蓝色的那种，星空般迷离梦幻，宁静又低调。礼堂设在一个体育馆——当然现在已经看不出是体育馆了，满坑满谷的星空紫，铺天盖地的紫藤花，把篮球馆变得如同阿凡达的山洞。她便是今日洞中的仙女，不，妖气森森的，妖女。

捧花是贝壳拼接的，海蓝色，坚硬，闪耀，扔出去的时候划伤了她的手。她不习惯往后扔东西，总觉得后面没长眼睛，看不见的东西一切都不可控。果然她扔歪了，扔到一边去，贝壳花脆了一地。除此之外，整个婚礼都很完美。

直到她第二天穿着睡衣一脸倦容地看电视时，看到自己的婚礼出现在地方新闻里，依旧觉得很完美。直升机飞过城市中心的广场迎接新人；高空气球上写着何俊伟爱的告白；三线明星到场唱歌跳舞；周佳怡家里一担一担的现金，红红火火一片；几十个镯子套在她的手臂上，沉重得让人抬不起来；银行支票被做成大大的卡牌游街示众；房产证书镶在玻璃盒子里一一展示。眼花缭乱，纸醉金迷，她都不记得昨天见过这样的场景，星空蓝的山洞夺走太多注意力了。

　　新闻里说这是她的嫁妆——并不——这是男方家长给安排的嫁妆，说是这样看上去好看。周佳怡觉得对方简直体贴透了。试问那样的婚礼，那样的排场，要怎样的嫁妆才能给自己撑住场面？现在满新闻都是 ×× 集团的何公子大婚，富家千金周小姐千万嫁妆。她知道他的好，她满心感激。

　　婚礼已经结束，现在她极为期待蜜月。蜜月是婚礼的余震，那么大的婚礼必然有配得上的蜜月，消息早已放出去，去北欧，一个月。不过日期还没定好。何俊伟说公司要融一笔钱，是正经大事，先把大事定好再说。

　　周佳怡还没有机会学习如何做少奶奶，以寻常女孩儿的想法，大概是懂事明理知大局。大事小事她分得清，绝不无理取闹。她不懂经营业务，也不懂何俊伟的交际应酬，只会温和优雅地微笑着跟家里的保姆阿姨说说话。何俊伟是个体贴的人，知道她不擅长这些，并不以太太之名把她往酒席饭桌带。她对此又是一份感激。

她什么都不知道。公司交叉持股的股价跌了，她不知道；公司发行的债券没人买，她不知道；现金流快断裂了，她不知道；银行见到她老公就躲，她不知道；何俊伟烧钱烧在婚礼上是虚张声势，她不知道；何家的公司靠这场奢华婚礼支撑股东信心想再融一笔钱，她不知道。

她不懂，不是她的错。她对这些很陌生。她可以做一个很好的中产太太，可以一边自己上班一边把家庭理财包圆了，就像她的母亲做得那么好。她知道风险和收益，知道各种理财产品如何组合，她会用 Excel 计算复杂的利率——在她所知的资产范围内，不算房子，几百万，顶天了。

可是她的男人有几个亿的盘面啊，她真的不懂。昂贵的房子，保险箱里的戒指首饰，漂亮的房子，都是工笔画里的一笔笔精细勾勒的虚景，连她也是。

周佳怡离婚的消息，一度震惊了所有人。

素日点头叹服的人，把她看到尘埃里去；素日不屑为伍的人，倒增添几分亲近感。

何俊伟是真的，名校学历也是真的，企业也是真的，欠债也是真的，半年后破产清算也是真的，一屁股债也是真的，周家垫进去一大笔钱才连滚带爬地逃出来——还要谢谢何家格外开恩。

　　他的预谋是真的，感情也是真的。

　　她的手段是真的，喜欢也是真的。

　　脱下这些浮夸，彼此坦诚相见，倒说不定会是对神仙眷侣。真是可惜。

直男狙击手

丹妮

丹妮的脸不算小，因此五官都能得到宽敞的安置，让人觉得舒张而放松，带着人畜无害的气质。除此之外，家境普通的她便乏善可陈了。

这种女孩子周围，照例是女生比男生多。可她因为两任前男友都品质极佳，引发女性友人圈的轰动，乃至人人自危。据说她的目光能透过对方的衣服，穿透肌肉和骨骼，直视跳动的心。站在她面前，像是脱光了一般毫无隐私。

她无奈地说："哎呀，你不要妖魔化我们心理咨询师，心理学又不是妖术，我哪里能知道你在想什么？"这倒也是，从最初段的实习生到资深督导，工作室的其他人都不会给人这种感觉。这种直觉的不安不是来自她的学位，而是来自她这个人。

女人的吸引力，对男人来说都是杀伤力。

倾国倾城的女人是核弹，方圆几十公里，人人拜服，寸草不生。还好这种女人百年一见，只好泼几盆"祸国殃民"的脏水。

校花那种级别是机枪手，加特林嗒嗒嗒地冒着烟，横扫一大片。

大多数女人是小手枪，近距离打打还行，十米开外活动靶就看运气了。

丹妮有自己的一套逻辑：

核弹和机枪虽然火力强，但没啥准头，不一定能扫到自己想要的人。万一招惹到自己惹不起的人，惹得一身脏。

小手枪命中率太随机，距离也不够。

她是狙击手，看中一个打一个。

狙击的第一步，观察对象。

狙杀对象来自什么组织，担任什么工作，以及他的习惯路线、出现频率都是关键信息，知己知彼，百战不殆。

他喜欢什么东西，兴趣爱好是什么，阿喀琉斯之踵在哪里，作息习惯怎样，乃至他爱吃什么菜，喝奶茶加多少冰，喜欢什么样的女人……总之，掘地三尺，一定能有发现。

第二步，选址和蹲点。

距离、海拔、风速、气象都会影响精度。要有一个视野好的位置方便随时观察，又足够隐蔽，还要穿上吉利服把自己伪装起来，然后一动不动，直到目标出现。

勾引的最高境界是：让被勾引的那个以为是他勾引的你。在此之前，请隐蔽。

第三步，等待和狙杀。

这是最重要也是最费力的一点。这需要猫捉耗子的耐心，而不是王宝钏的耐心。一旦耐不住性子，就前功尽弃。

奕成

奕成有着帅气的眉眼和佻挞的气质。作为年少有为的出版商，还有一番斯文人的做派。

他请心理工作室的专业人士写心理学科普书。虽然伪心理学书的销量是他这种正派心理的几十倍，他还是孜孜不倦策划出版朴素的真心理学。丹妮觉得他很浪漫，但工作室的人只觉得不差钱真好。

平时都是奕成的助理和编辑跑腿，难得有需要他亲自动身。不过只要他一来，女孩子们无不摩拳擦掌，跃跃欲试。唯有丹妮是疏离的，她很欣赏他的为人，毫不怀疑自己也是跃跃欲试中的一员，但他凭空而降，她对他一无所知，贸然出手是很危险的，不如静观其变。

女人喜欢男人，往往是先验的。

先喜欢上他，然后总结喜欢的理由：人靓有才，学问好钱多，气质好。然后再往下一层推出他眼睛鼻子哪里好看，他这个懂那个懂怎么有才……越看越喜欢。

男人喜欢女人，往往是经验的。

她皮肤好眼睛大，推论出她好美；她知分寸会说话，推论出她气质好棒。她好美她气质好棒，所以我好喜欢她。

所以男人对女人的爱意，峰值在初见，往后走下坡路，慢慢走到一个平台期。

女人对男人的爱意，是越看越喜欢，一路走高，也慢慢走到一个平台期。

如果平台期能彼此维持住，就算天长地久了。

从这个角度说，爱情是一座山，男人往下走，女人往上爬，半山腰上遇到了，都走不动了，就成了恋情。

所以著名的爱情，开头大多是男追女，一开始他爱得比较多，你爱得比较少，留下空间给男人消耗，也给女人升温——财务上这叫"留足冗余"。所以著名的爱情里，女人大多美貌，这是初见就可以看到的东西；男人大多有才，这是深交可以体悟的东西，这才郎才女貌，百年好合。

丹妮注定不会著名，她不美。

狙击第一步，观察对象

丹妮喜欢奕成的时候，奕成连丹妮是谁都不知道。她的脸太寻常，实在很难记住。

据说谁先喜欢上谁，谁就成了劣势。但她不需要他知道，狙击手需要隐蔽，不需要存在感。她柔肠百结，她深夜辗转，她茶饭不思，都不需要让他知道。如果他不知道，那么对他而言，丹妮的爱意是不存在的，劣势也是不存在的。

她先去 FB 和 LINE 上加了他的好友，作为同事，这是寻常不过的举动。她把他的资料翻了个底朝天，然后去搜索引擎检索了名字关键字，发现他的私人邮箱，然后用私人邮箱的前几个字母找到了他的PTT（台湾最大的论坛）账号，最后用那个账号搜一圈，发现同一个账号名在其他 BBS 的注册痕迹。

奕成有个大学师妹是丹妮的高中同班，她急忙地去加好友，去搜索奕成留下的蛛丝马迹。

网络信息是一个人的人生残影，拥有这些残影，她断断续续拼接出他的人格：

他去过很多地方旅行，他讨厌爆米花电影，他自己的公寓没有安装电视，他喜欢 20 世纪 30 年代的海派小说，他喜欢吃忠孝东路一家小馆子的面线，他是独子，他买过比特币……

她大概花了两周的时间调查这些，直到搜无可搜。喜欢一个人的时候，检索也是愉快的挖宝，并不觉得漫长，尤其是她发现知道他越多，喜欢他也越多。

这日工作室周五聚餐，奕成做东请吃外卖。迅速地，以他为圆心，形成三个同心圆。内圈女孩子一脸倾慕看着他，外圈的见缝插针献殷勤，再外圈的急得团团转，只好做些端茶布菜的活儿。正吃着，一只蓝头苍蝇落到桌上，被人一挥手，又飞到旁边办公桌上。旁边一女生卷起报纸就要打。

"不要打！是旗蜂，吃蟑螂的，让它走。"丹妮说。

对面的奕成露出了会心一笑，他从小喜欢昆虫，在中学还写过居家昆虫报告，拿过学生论文奖，挂在学校的官网上。

喜欢虫子的女孩子不多见呢，他不免多看了丹妮一眼。丹妮已经坐下来埋头吃饭刷手机。

大家开始聊周末去做什么。台北的周末安排，就那几样，泡吧逛夜市看演唱会看电影。因为奕成的存在，大家都假装自己关心棒球赛篮球赛演唱会。奕成深知她们连棒球规则都搞不懂，也绝不会理解他因为在小学时被人用球棒追着打，对棒球有终身心理阴影。

"可是这周球票超难买哟。还有别的安排吗？最近有什么电影？"奕成说。

一说起电影，大家都来劲了，这是男女皆宜的话题，反正热卖的都是好莱坞片。

"中正堂周日上午有姜文的片子。"丹妮补充道，"电影节的特别展播。我约了朋友去看。"

"我超喜欢他，《子弹来了》的导演！"奕成两眼放光，他当然喜欢，他在博客上转载过三篇姜文的影评，虽然并没有什么人来点赞。

"是《鬼子来了》和《让子弹飞》啦。"丹妮笑了起来，"不过这次播的是另外一部哦。"

"是什么电影？"奕成有点不好意思。

丹妮得意道："不告诉你。反正你也买不到票。一周前被预订光啦。"

在一片"姜文是谁啊""大陆剧吧"的疑惑中，她就安安静静吃饭。

狙击第二步，选址和蹲点

一周后，两个人已经在中山堂一起看电影了。

姜文的电影没赶上，奕成很不平衡。那部片子有点老，他之前也看过，本来只有八分想看，结果丹妮一说票早就抢完了，他的欲望就加到十分，特别不满。就在他最不满的时候，收到了丹妮的消息："我朋友要陪她宝宝去看医生，过不来。要不要把票给你？"

等电影开场的时候当然要聊天，聊姜文就免不了聊到余华，聊余华就免不了聊大陆文学，聊大陆就免不了眷村文学，奕成说自己当过眷村的护工，丹妮马上问他属于什么机构什么时间。

他们很快发现好巧，两个人几年前几乎在一街之隔的地方做义工，擦肩而过。

越聊越热络，只恨电影不能晚点播。看的是姜文的一部知名旧作，播完后两个人又想聊历史背景，又想聊俄国菜，又翻着影展手册想下次要看什么，好赶紧去抢票，两只眼睛一张嘴，忙得不可开交。

"我还没有把票钱给你，不如我请你刨冰。"奕成说。两句话之间的间隔太短，未免让人觉得他脑子里先冒出的念头是请吃刨冰，票钱不过是个幌子。

如果说原来两个人的心理距离有个10公里的话，看完电影大概是3公里。

"我要加红豆、芋圆、薏米……"两个人异口同声，"不要炼乳！"

吃完刨冰，3公里变成1公里。

"你搭捷运来？要不我送你？"奕成道。

"谢谢，不用，我下午约了人打球。"丹妮道，挥挥手告别。

对狙击手而言，距离太远严重影响精度，距离太近则很容易被发现。

譬如相亲为什么让人觉得尴尬？比起藏头露尾的狙击，相亲是两个人10米近距离对射，连个掩护都没有，脸还没看清呢，枪都掏出来了，非常没有安全感。相比而言，那种借着观影、阅读、登山为名目的交友会就让人松一口气。

1公里，对丹妮这个级别的狙击手而言，太近了。

"真是个忙碌的女人，"奕成想，"约的是男人还是女人呢？"他被自己逗笑了，想什么啊？真是的。

下周五奕成在工作室看到丹妮的时候，丹妮平淡的五官在他的眼里已经有了鲜明的分布——那是一个多么特别的人啊。

丹妮对他还是一样，好像什么都没发生过，最多就是她见到奕成后的笑容弧度更大了点，这点微小的变化让奕成怀疑自己是自作多情。

奕成看了工作室这周的稿件，毫无疑问，那么多人里，丹妮写得最好，怎么以前都没发现她的好呢——他为自己的识人不明懊恼。

狙击第三步，等待和狙杀

一般来说，狙击手只有一次机会。在狙击手扣动扳机的那一刹那，他的位置就暴露了，他必须马上起身，更换位置。否则对方的狂轰滥炸即将扑来，势单力薄的狙击手将无处可逃。

烦琐地搜集情报、巧妙地选址蹲点、漫长地等待，然后瞄准，扣动扳机。

要么一发绝杀，要么落荒而逃，没有中间的选项。

表白也是。每次表白都是水到渠成的临门一脚，而不是发起进攻的冲锋号。

在这之前，唯有耐下性子不动声色地等待。

她不是不知道有人约了奕成喝下午茶，有人在旁门左道的情人节送巧克力，有人打听他的生日，有人偷偷垫高了罩杯。有人娇艳，有人软萌。丹妮什么都没有，但丹妮知道怎么去"追求"。追一个人，不是对他好，而是"投其所好"，投其所好，才是真对他好。

手机响了，是奕成发来的消息。他四天没和她联系了，她按着性子不发。

那场电影后，他们的联系断断续续，最初是一两周一次，后来一周一次，后来两三天一次，她知道自己的网在慢慢收。现在网口还太大，不能心急，一着急，鱼就跑了。

她茶饭不思魂不守舍终于等到了他的消息，看完，扔一边，不晾上一会儿她不服气。

从两三天一联系，到四天，他似乎有些厌倦，这网又在逆向放开，她觉得不能再等了。

"这周我生日，周五一起去信义东那家开 party 怎么样？"周五的例行午餐上，一个同事说。

"这次玩什么？"一个人问道。

生日去酒吧包场是大学和公司里都盛行的风气。工作室几十号人，每个月总有几次，每次都会有一个主题，比如制服系，比如吸血鬼。

"老上海怎么样？"丹妮道。众人一阵欢呼。

不管上海人承认不承认，也不管台北人承认不承认，中国"老上海"情结最重的地方，不在上海，在台北。

上海是风光过的，现在再怎么仿古，也不过是狗尾续貂，总不可能盖过当初百乐门的调调。但台北不一样，上海鼎盛时期，台北最大的舞池还没有百乐门的厕所大（白先勇《金大班》语）。好比穷人翻身了总想去躺一躺地主老财的床，台北发达了总想扮一扮老上海的余韵。

如果是在苏浙沪，如今就算日常穿个棉麻旗袍也没什么，但在台北就显得太奇怪了，你想在台北穿旗袍，唯一机会是变装 party。因此台北能买到的旗袍大多很短，花色很茶楼范儿——反正本来也是从淘宝到嘉义再分发的。好在年轻的女孩子，穿旗袍极少有难看的，跳舞也极少有难看的。

丹妮特地迟到了半个小时。当她出现的时候，惊动四座。她戴着一肩宽的礼帽，一身重磅桑蚕丝枫色竖条纹间色长旗袍，手里一根一尺长的女式烟斗。摘下礼帽，下面是一张浓妆艳抹很相宜的脸，恰恰是平淡的五官犹如白纸，对浓妆最有可塑性。这不是 cosplay，是百乐门摩登女王的穿越，还必须是巩俐那种气场。

奕成从来没有见过这样的她。当然这不能怪他没见识，全台北都罕见这种风格的女人。

她坐在吧台边，支起手臂，和烟斗构成一个美妙的三角，一条腿顺着高凳垂下，勾勒出流畅的曲线。

如果是平日就招摇的人也就罢了，偏偏是最人淡如菊的她，这巨大的反差对他冲击不小，他喝了两小杯烈酒才回过神来。

她的目光照到这里，照到那里，熠熠生辉。

直到最后她也没有扣动扳机，因为已经没有必要。奕成自己举了白旗，拜倒在石榴裙下。

黑白爱情电影里总有这样的场景：

西装油头的男主一字一顿地问女主："你为什么嫁给我了呢？"

旗袍烫发的女主咬着舌头满面飞红："还不是上了你的当！"

所以我们的爱情故事总是男追女，少见女追男，就算现实中有，女追男也会被形容成"容易的""倒贴的""犯贱的"。说"女追男，隔层纱"的，既看轻了男人的口味，也看低了女人的本事。众口一词，言之凿凿，无非是怕女人上当罢了。总之，只有女人上了男人的当，才算是皆大欢喜。

因此有人说丹妮是捕猎，不是追求爱情。

丹妮说，喜欢的人追到就先赚到。到手后才能说有没有爱情，没到手的永远白费心。

一个女人的史诗

这是个有年代感的故事。

阿云今年 65 岁，身高一米四七，四肢粗短，容貌普通，头大脸圆。就算是 30 年前，在她不过 35 岁的时候，也是这副容貌，不过少了皱纹。她很穷，还没有文化，大字不识得一个，也不会打扮。不过她是那种真正聪明的女人。

你知道，对于真正聪明的女人，人们是不会说她聪明的。被人看出来的聪明从来不是聪明，最聪明的女人，周围舆论都说她人好，信任她，真心喜欢她，愿意帮助她——比如阿云。

35 岁的阿云，在那个年代，在江南那个小城市里，绝对比今天 40 岁不结婚的女人更惹人非议。后来，她嫁给了一个 36 岁的公务员，当年的金领行业，一米七八的个子，英武帅气到照相馆的师傅给他拍照都不收钱，只求把他的照片框起来当展示用。

从 18 岁到 28 岁，阿云受到不少媒人的关注。

当时她还是农村户口，家里有一个哥哥，两个妹妹。她既穷，又长得不起眼，所以媒人并没有踏破门槛。仅有的几个来上门的，提供的也不过是跟她经济相配的庄稼汉。和现在不一样，那个年代的江南农村，经济相当差。

阿云拒绝了这些人。开头几年还好，后来一再拒绝，便渐渐传出自命不凡的名声，渐渐地，媒人都绝了。两个妹妹小孩都上小学了，她还是没有出嫁。阿云的母亲为此破口大骂，后来她又是离家出走，又是说"再逼我嫁人就寻死"，到处找农药瓶子，终于让母亲消停。幸而她有个哥哥十分心善，并不介意将来可能要承担给妹妹养老的义务。就这样一拖，阿云拖到了 28 岁。

阿云家里有个远房亲戚是城里一家火电厂的工人，在火电厂托儿所做阿姨，帮人带带小孩。在当年，这个铁饭碗让农村的阿云家十分羡慕。

在阿云 28 岁这一年，这个阿姨从火电厂退休。根据当时的规矩，她可以指定一个继承人去顶她的岗位。她有个上大学的儿子，根本看不上小城火电厂托儿所的岗位，这个指标便送给了阿云一家。

这样，阿云来到了托儿所洗衣扫地，成为一名工人身份的保育阿姨。

这时候她母亲才知道，阿云坚持十年不嫁人，是等着妹妹嫁人，等着这一个工人身份，等着这个城市户口。

火电厂的托儿所里，干部的孩子和普通员工的孩子都放在一起，不过阿云总能从接孩子的家长的着装气度上猜出这个人的身份。傍晚时分，做完了一天工作的阿云就和工友远远地坐在滑滑梯架子下，赌瓜子猜测谁是厂长，谁是伙夫，要是有争议，他们就去问托儿所老师。

每次都是阿云赢，她赢了很多瓜子，回头又买些米花糖大家一起吃。

她说，看一个人，一看领子，二看鞋子，三看拎包的方式。

托儿所不大，没多久，她把上百个孩子的背景都摸清楚了。

有一个孩子她特别上心，饿了尿了照顾得特别好，孩子哭的时候，她还买薄荷糖偷偷哄他。阿云妈说那时候特别生气她这点，昂贵的薄荷糖，阿云自己都舍不得吃，也不买给家里人吃，却对这个小孩子那么慷慨。

后来就有一个穿着十分整洁的人去阿云的宿舍拜访。访客带了很多东西，罐头麦乳精南瓜子，都是当时市面上不好买的东西。那人说儿子要升大班了，谢谢阿云对他儿子的照顾。

谁都能看出来，那人来头不小。

阿云一脸惊讶，问："你是他爸爸？"

访客点点头。

她手足无措地窘住了，尴尬地说："我就觉得那孩子聪明又漂亮，一来就跟我亲，特别有缘。"

那人把东西放下，道了声打扰，就准备走，被阿云拦住了。阿云非让他把东西带走不可。那人当然不愿，这样几个来回后，阿云败下阵来，终于让客人空手走了。

大家后来才知道，那人是市里新来的调研员。老厂里没什么人认识他。

"为什么你不巴结厂长和书记的孩子呢？"阿云母亲问。

阿云说，厂长、书记在那里那是人人知道的，他们的孩子到哪儿都是被宠着，你对他再好，人家也只是以为你在巴结。既然要巴结，不如巴结个领情的。

阿云常说，拜菩萨要拜小庙的，大庙菩萨香火多，拜了也未必记得你；小庙冷清，一点点香火就领情了。大概就是这个意思。

后来那些让阿云母亲虎视眈眈的高级食品，一点儿也没有进她的嘴，都被阿云带到幼儿园去，偷偷喂给那个孩子了。

阿云说，有出才有进，交朋友做人，求人办事，都是这个道理。她不识字，但她懂得很，将欲取之必先予之。有趣的是，那并不是她唯一自费填补的孩子，她同时大概特别关注二十个这样的孩子，以至于自己明明蛮高的工资在当年都不够用。那些孩子中，大多数家长都对她赞不绝口，当然也有孩子回去不说的，算是无效的投资了。

一年后，那个调研员的孩子要升幼儿园，火电厂自己的幼儿园是给普通员工放孩子的，稍微有点头衔的领导，孩子都在机关幼儿园里。调研员用了个关系，把阿云送到机关幼儿园继续照顾自己的孩子，而阿云的身份，也从保育阿姨升级到了老师。

她还是不识字，所以只是手工课的老师。幼儿园里大龄剩女的她成了众人调戏的对象："怎么还不结婚啊？眼光这么高啊？"

在没有剩女一词的年代，阿云当年面对的舆论压力恐怕不低于如今的大龄单身女青年。对此，她都是一句话反弹回去："工作太忙了，过几年再说吧。"

又是这样过了三年，她跟着幼儿园的小朋友学写字，跟着老师们学习，入了党，被评为三八红旗手，被评为优秀幼师，和其他优秀幼师被奖励到省外旅游。

同事们不会再打趣了，不过家长总是一茬一茬地换，总有不懂情况的笑着打趣她。有一天，她不再说忙了，她说："人太丑，没人要呀，要不，你给我介绍？"

机关幼儿园的老师们倒是欢呼雀跃了，千年的铁树开了花。
家长同事们又都喜欢她，这条件说出去，介绍的对象就上了一个台阶。

这次来介绍的人，她不再简单地关门拒绝了。她总是借口工作忙，让人在幼儿园门口等她下班。她往往还没看到人家，人家就远远地被介绍人指着说，喏，这就是那个某某某。

她穿着工作服，微笑着抱着孩子，跟家长打招呼，跟孩子说再见。这是她最美好的样子。

她不漂亮，这张脸穿什么都是一个效果，工作服和她工作的状态却可以成为她最美的化妆。

当她下班和相亲者见面的时候，对于相亲者而言，看到的她已经不是第一印象了，而是第二印象。她把她生活中最认真最专业最美好的场景，人为制造出了一个第一印象，以此获得更高的加分。

但是她还是没有看上别人，她跟人聊天，却总是不给人下文。别人问她为什么，她就说不合适。然后再去相亲下一个，这样断断续续地，一直在相亲。人们都说机关幼儿园有个女老师，眼光高得很，年纪大了还不肯嫁。说完，总有人添油加醋一番："那她一定很好看吧？"

后来她遇到了一个返城后外派了几年的知青，上过大学，因为种种原因，一把年纪没有婚配，硬是撑到回城才开始筹划人生大事。

阿云说，不知道为了什么，不敢看那人的脸，只是低头看到了他的皮鞋，亮晶晶的，就觉得就是他了——这人后来成了阿云的丈夫。他很帅，学历高有文化，工作好收入高，除了年纪大一点，没什么不好的，阿云生怕这人瞒过了什么，托了人去打听他的底细，果然底细也很好，的确没有结过婚。

两个人就偷偷摸摸开始谈恋爱了。

知青是个超级大文青，喜欢吹口琴弹吉他，爱好跳探戈，会一口流利的俄语，酷爱摄影，有两台海鸥相机，这在当年可比什么单反M9闪耀多了，放现在，起码也是豆瓣红人级别。

有人问她觉得知青啥时候最帅，她说"换胶卷的时候"，头埋在一件黑外套里，屁股撅在外面，叽咕一会儿就换好了——想想这品位也是独特。

知青现在还津津乐道的一件事，就是他花三块钱买了一张交响乐的门票请阿云欣赏，阿云觉得不好乱花人家钱，第二天还给他三毛——没文化的阿云，以为同一个剧院，交响乐的票价和电影一样呢。知青不收，阿云还不答应，收了又特别糟心，糟心了好几十年。

有人问阿云，知青是大学生，你那会儿写自己名字还歪歪扭扭的，合得来吗？

阿云说，就是因为知道自己和他最大的差距在文化上，所以很努力地补，当然是让知青帮他补，知青每天都来教她写字，给她念报纸，她认得的字差不多都是知青教的。

想想这个画面也是很美，中国的文人对教女人读书写字总有一种莫名的向往，大概是一件很有成就感的事情，就像现在的男生帮妹子刷机修电脑一样。

再后来就是谈婚论嫁了，一个剩女和剩男结合的佳话。

就在红棉被都准备好的时候，阿云发现，知青的心似乎不太稳当了，来教她写字也来得不那么勤快了，甚至提起婚期，都是支支吾吾的，不肯明确答复。

另外一个女人出现了，叫她小白菜吧，因为她委实是一个苦命的女人。

阿云是某次偶然在知青的信里发现的，以她在小城高干家长群中的影响力，抽丝剥茧，终于打探出一点消息。知青在大一的时候就被下放农村，在同期下放的人里，有他心仪的女生——小白菜。她像小白菜一样柔弱，像小白菜一样纯洁，像小白菜一样人畜无害。

两个人患难之交情投意合，女神渐渐变成了女友，在下乡的日子里彼此温暖着。知识分子体力普遍差，知青和他的小女友工分都很低，经常饥一顿饱一顿的，知青又心疼人，把自己不多的食物分给了女友。就这样，当冬天到来的时候，知青渐渐病了，终于发展到病倒在床上的地步，赤脚医生治不了。那时候已经出现其他知青外逃的情况，大队里的人也不让送出去。

那时候大队支书是村子里最牛 × 最能说话的人，大概比今天的村支书还给力。定工分、发猪肉、给红卫兵大学的推荐指标都是大队支书定的，真是谁都不敢得罪。小白菜就在那个风雪交加的夜里，看了一眼昏迷的知青，去了支书家。

这一夜，就没有回来。

知青最终还是被送了出去医治，从死亡线上拉回一条命。等他回来的时候，小白菜已经不是那个小白菜了。他举着菜刀要去砍大队支书，被村民拦了下来，还被打了一顿。知青们愤怒了，反抗，却抵不过村民人多；罢工，却顶不住挨饿。最后事情被压了下来，不了了之。

小白菜渐渐疯癫了。据说，不止一次。
直到知青可以返城的时候，小白菜被家人接回，知青在家人的阻碍和自己的私心下，没有再打算娶她。

现在，知青准备结婚了，眼前四肢粗短、容貌平平、不会写字、听不懂交响乐的阿云，益发和当年拉手风琴跳芭蕾舞的文艺女子形成了反差，自己大红喜字高高挂的幸福人生益发和那个上海筒子楼里的疯癫女子形成了反差。为了弥补内心的愧疚，他开始往上海写信，送东西，甚至亲自偷偷去了一趟上海看望。

据说那时候，女孩子的病好多了，只要不去刺激她，日常沟通还是能进行的。

知青内心的犹豫又多了一分。

阿云打听清楚这些后，装作什么事情也没发生，一样上班一样谈恋爱。某天知青说要去上海出差，阿云还给她准备了一堆东西，说："帮我送给那个妹妹吧。"

知青当然吓坏了，忙装不知道。

阿云没理他，说："帮我送给她吧，她也不容易。人家为你受的苦，你该记着才好，以后每年去看看，也算知恩图报了。"

这段话后来在小城八卦圈得到了幼儿园园长的亲自点评，据说十分高级。

第一，她点破了知青心里的结。知青一面觉得对小白菜抱歉，一面又觉得对小白菜一直抱歉着的状态让自己对阿云也很抱歉。这种犹疑和徘徊，让他非常不安。阿云直接挑明了，你对她抱歉是应该的，先把知青稳住了。

第二，以后每年去看看，算是官方允许了知青这种补偿的行为。是的，你是欠她的，你是应该补偿，我也让你去补偿。但是，你这补偿用钱用东西就够了，心安就好。要是她不让知青去，说不定知青心里愧疚感爆发，什么时候就成为两个人的炸弹。

第三，知恩图报。这句话算是给知青这种行为定性了，你这是在报恩，不是在还情。既然是报恩，报了就报了，别磨磨叽叽没完没了了。

果然，那次去了上海以后，知青的心理压力减少了不少。后来他们每年都给上海寄东西，知青一提起要去看看妹子，阿云就说"我陪你去"，两个人还真的去了一趟，阿云对小白菜各种嘘寒问暖，对小白菜父母各种照顾，给钱给物都非常大方到位。那之后，东西继续送，知青倒是一次也没提起过再去上海了。

　　或许觉得人生还要往前走，伤心往事能不提就不提了吧。

　　那个小白菜，当年就快四十了，一直需要吃药抗病，现在快七十了吧。

　　这个世界善恶并非都有报，因果也并非一定循环。阿云相信力量，不相信因果。她一直努力做一个有力量控制自己人生的人。不好说这样对待婚姻的态度是否正确，但起码这样的态度对待人生，称得上认真。

糖爹不甜

人有三样东西是无法隐瞒的，咳嗽、穷困和爱；你想隐瞒却欲盖弥彰。

——《洛丽塔》弗拉基米尔·纳博科夫

女生小艾，穿最好的鞋，用最好的包，但那些东西在她身上总有一种"道具感"，像是借来穿一天明天又要还给人家似的，包不像包，鞋不像鞋，而像博物馆的展示品，小心翼翼地不能弄脏也不能弄坏——小艾拥有它们还没有太久，她还没有习惯拥有它们。

据说她有一个高富帅的周姓男友，每周五来学校接她。

周五的女生寝室没有小艾，周姓男友就成了其他五个女生叽叽呱呱的对象：

"交了男朋友也不请室友吃个饭。"

"听说很有钱，是个大人物，怪不得正脸都不给瞧。"

"他开的车很普通啊，哪里像有钱的样子？"

"是不是男朋友还不一定呢，万一是那个什么呢？"

一

"校友周文军"五个字被人用 A4 纸打印出来，一个字一张纸，白底白边剪下来，用大头针别到大红横幅上，挂在大礼堂里。

作为会议礼仪的一员，小艾只负责给主讲人带带路递递水，并不记得横幅上还写什么字，大概是数据、生态、安全之类的。如果小艾看报纸，她会发现周文军这三个字经常出现在财经和科技版。

会开了很久，主讲人说的东西她听不懂，只觉得一阵阵发困。好不容易结束了，做完交接，她来不及换衣服就匆匆往教学楼跑：晚上的课要点名，可不能迟到。

此刻正是校内交通高峰，主干道上人车涌动。一辆小车在她身边停了下来，司机问她："同学去西区上公选课？要不要我送你？"

她抬头一看，正是那个主讲人，才发现他长得挺周正。她低头看看自己穿的紧身长裙高跟鞋，想想偌大的校园，迟疑地点了点头。

"真辛苦你们了，我上学的时候，只有南区那一片老校区，宿舍下楼就是教学楼。现在红绿灯都有了，只怕将来要开公交站。"他看着红灯，轻轻点了点刹车。

她扑哧一声笑了："真有呢，两条线，早晚好几趟。"

他以为自己在说一个笑话，没想到笑话已经成真，也笑了："你这么赶，还没吃晚饭吧？"

"嗯，来不及了。"

"喏！"他递过一包苏打饼干，"带着吧，小姑娘不吃饭伤身体。"

下车前，他递给她一张名片："都是校友，以后有事找我，别客气。"

她下意识道："我没带名片。"

"礼尚往来，留个号码吧。"他笑着说，递上纸笔。

在小艾记忆里，这是他最主动的一次。

二

他喜欢她鲜嫩、漂亮。

她的脸因为年轻分外紧致，眼梢微微吊起，显得有些紧张；她的身材因为旺盛的新陈代谢分外利落，找不到一丝赘肉，曲线玲珑的身材裹在紧身礼服裙里，像服装店里的模特假人。

她喜欢他的成熟的气魄。

她觉得男人的青春是很短暂的，25 岁以前毛没长齐要啥没啥，过了 30 岁还没闯出名堂来，又一文不值，万一闯出名堂来，十有八九满面油光秃头凸肚。好比爆炒腰花，火候就那么几秒，一不小心就没熟，一不小心又太老。活力帅气又沉稳妥当的气质，有些人一辈子都不会有，有些人就算有也就那么几年——比如周文军，就站在这几年的尾巴上。

他出身普通，很风光地考上这所名校，又很刻苦地出国读书。学生物容易出国，他就考生物；码农容易赚钱，他就转码农；国外工资高，他直接去硅谷；国内市场大，他回国来创业。总之，哪儿有机会他就往哪儿钻，见缝插针绝不错过。

如今公司也成气候了，江湖上也有名望了，糟糠之妻也早早离婚了，身材通过努力健身还维持着十年前的形状，唯一的遗憾就是发际线后移，提示他青春的流逝。所以他喜欢年轻的小姑娘，小姑娘能让他汲取青春活力。

三

小艾以为自己谈恋爱了。

她对周文军一脸崇拜。他比她认识的所有男生都聪明都有见识。他有博士学位，他游历过几十个国家，他手里攥着几家公司的大把股票，他热爱阅读品位极高，思维敏捷逻辑严谨，更何况他还热爱健身，三十五六，绝不算老。

他们的确甜蜜过一段时间，她跟他吃饭，他送她东西；她陪他过夜，他送她东西；她陪他出去兜风，他还是送她东西。他从不带她见朋友家人，也绝口不提未来，他说人要活在当下。她觉得自己是一个跑进深山的少女，发现一整个山洞的宝藏，却没有一个可以运宝贝的口袋。

她不是没有幻想过，幻想他带着她登堂入室，让她慢慢学习成为董事长太太。

的确他也带她吃过几顿饭，饭桌上都是一群巴结他的老男人，点缀几个浓妆艳抹来历不明的女人。

和留过洋的文军比起来，大多数老男人在她眼里又土又俗，她仗着自己名校毕业又有些文艺范儿，很努力地为文军撑场面，比如热心介绍什么洋酒配什么菜，即兴唱一首法文歌等，想博得众人的钦羡。可土豪并不吃这套，他们带来的女人划拳拼酒唱口水歌，似乎更受欢迎。

小艾后来想通了，有钱人里还分 old money 和 new money。old money 飞欧洲比她出城还勤快，哪里轮得到她来炫耀那点杂志上抠刮下来的散装格调；new money 的世界自信而率真，文军向他们介绍优雅格调，他们是心悦诚服的，但小艾只要稍稍提起一点点小情怀，都会被他们嘲笑"女大学生的天真"。

格调也是有阶级的，周文军可以和土豪炫格调，小艾的格调只能去和男大学生炫耀。

家境普通的女大学生饱读诗书才华横溢惊艳高富帅的故事，大概只在偶像剧里。

渐渐地，她厌烦了这些饭局，嫌他们 low。文军说："这些人你都应酬不好，就不要谈其他的了。"她有些赌气，就再也不愿去了。

此后她不是在学校上课，就是在校外和他一起。学校里的世界没有他，校外的世界也没有同学，两个封闭的世界，把她撕裂成各不相干的两半，让她身处其中一半时总是质疑另一半的存在。

有时候她会把和他在一起的细节，以忠实的笔触口述给学校的室友听——当然，周文军的名字用化名。五个小女孩在卧谈会里闭着眼睛大开眼界。她喜欢和别人谈起他，谈得越多，她越确信他的存在是真实的，不是虚幻的。

四

周文军不需要恋爱。

年长的男人深知哪些女孩子最好骗：首先是还在学校里的，其次是刚工作的。

年轻的，水当当的，小鸭子一样遇到一点小事就瑟瑟发抖，小奶猫一样充满攻击欲又毫无攻击力，发怒也是虚张声势的。等她们工作三四年，见识到的傻×老板多了，遇到的匪夷所思甲方多了，看人的目光就会锐利起来，翻白眼的技术也会娴熟起来，那时候下手就难了。

他深知当他去追求这个年龄层的女生时，他的对手是二十出头的毛头小伙，相当于高考生去做小学数学题。

小艾这样的女孩子在他的生活里唾手可得。他为什么选择她呢？

年轻，漂亮，听话，有一点学历，最重要的一点：干净，干净到透明。

她很害羞，多少次了，总不喜欢开灯。他非要开灯不可。他让她站着，一前一后两盏大灯照着，像赏玩一件珍宝：她的皮肤透着玉一般的光泽，是透明的；她的小脑袋也是透明的。他看她的目光是监考老师看学生的目光，什么都瞒不过。

他不是没考虑过，考虑带着她登堂入室，让她当董事长太太接洽应酬。可他那些太太圈里的女人，哪一个是好打交道的？别说让她牵个线搭个桥，就算让她一顿饭下来好好说话不露怯都很困难。

在他自己圈子里找一个能出力的女人当太太，可比把她培养成太太容易多了，何况她并没有什么拿得出手的资源，找个有号召力的网红都比她有用。

周文军是一个缺乏安全感的人。二代少爷们的安全感，是自父母传承下来的，来得太轻易，就会很坦然。但他的安全感，是他一滴汗水一滴心血战战兢兢积攒下来的，他视为珍宝。他的未来、他的健康、他的生命、他的女人都是为守护这份安全感而贡献。小艾贡献不了什么。

除此之外，小艾一切都很好用。

唯一能让他不痛快的，大概只有她不肯花他的钱了。他给了她一张信用卡，她从没有动过。

他对她是施舍，她对他是献祭。只有她接受他的施舍，他才能心安理得地接受她青春的祭奠。

五

小艾并不知道自己的位置，她总是想着谈恋爱。

她过生日那天，他刚下飞机。在机场买了一个包，是她最爱的牌子最爱的款。她心里一暖，笑盈盈地问他："你怎么知道我喜欢这个包？"

他说："女孩子不都喜欢这种吗？"她脸色一变，想发脾气，犹疑了一下，最终什么都没有说。

早先她会试探他的爱意，约会故意迟到，甚至故意取消。她接受他买给她的东西，但绝不拿他的钱——她认为这是卖身和恋爱的差别。他不缺钱，缺时间，所以她指使他消遣他，从他身上搜刮时间，用他的不痛快来证明自己是被爱的。

这小小的手段，放在大学男生里，大概绰绰有余；放在老江湖眼里，是过家家。

她迟到 5 分钟，文军下次就迟到一小时。

她再迟到一小时，文军就把她挂起来一个月。他的语调是淡淡的，绝无责备的，甚至略带歉意："这个月比较忙，不过来了。"

她和别的男生去唱歌，拍个低胸照给他，他毫无波澜，只说："这条裙子不适合穿长袜，你光腿更好看。"哪怕他劝她多穿一点，她也不会那么生气。

她越要他在乎，他越是不在乎。她只好放弃"争"的态度，变成"讨"，因为她知道，和他赌气，输的一定是自己。

小艾觉得文军一点都不了解她。

文军觉得小艾一点都不了解他。

他在外面的腥风血雨生死交关都是不能告诉她的，说了也没用，他也不想让自己的温柔乡沾惹不温柔的气息。可是外面的事情却不愿放过他，总在他脑子里冒出来，他看着小艾透明的身体，想起谁谁谁又吃了官司，谁谁谁又朝不保夕，有时觉得痛快，有时觉得悲伤。

此时，她就会趴在他的膝头，看着他游离的神色哀叹："你不爱我。"

他皱了皱眉头，只觉得很烦躁。他想要的是"不争"，不是"讨"，他只想要她的温柔，不想要一点点压力。

六

一个室友在阳台上和男朋友打电话，打了一个多小时还没有结束的迹象，可见手机质量很好。室友从选修课挑什么老师，一路谈到毕业去做什么工作，开始聊将来要不要留在这个城市，再聊路上遇到某个字觉得很好，如果将来有个男孩子，就给他起这个名字。

"吵死了！"她突然大叫起来。

室友暂停了对话，敷衍几句把电话挂了，摔门出去。

她只觉得烦躁。别人的爱情都是有着落的，起码是假装有着落的。她呢，像秋千荡来荡去，周文军连装都不会装。她跑出学校，第一次刷了他的卡。

在他眼里，她是透明的小傻瓜。

在她眼里，自己是痴心一片的怨妇。

她怕对他不够好寒了他的心，又怕对他太好，让他看轻了自己，在好和不好之间，她走钢丝般寻找合适的重心，左边是深渊，右边还是深渊。

有时候她很羡慕大学室友的恋爱，简单地挖空心思对对方好。

有人和隔壁专业的小男生天天腻着自习；有人牵着手去苍蝇馆子搓一顿欢天喜地；有人刚入秋就开始给男朋友打围巾，一会儿嫌花纹太简单，一会儿嫌漏针没发现，拆了打打了拆，好像永远也织不完。

她太辛苦，连想对文军好一点，都要想方设法找个理由。

终于他过生日，她筹备了足足两个月，有生日做幌子，是难得的机会，可以正大光明地示爱，可以全心全意表白。

她做了几个菜，外面穿着他最爱的裙子，里面穿着新买的内衣。成套的妆容，成套的内衣，据说这是女孩面对男友的最高礼节。

一个小时，两个小时……他没有来。脚步声近了，又远了，不是他。下雨了，雨停了。菜凉了，热了，又凉了，蔬菜失去了翠色，蔫软了。她饿了，赌气扒了几口冷菜，不好吃，又扔下。

她想了很多，关于自己，关于未来。她爱他，可是她累了。

她什么都不能给他，她是他的安慰剂，是他的玩具抱枕，是他养的一只小猫，除了放松和娱乐，她什么都不是。她想谈一场认认真真的恋爱。

"无论如何，等他回来，我要跟他分手。"她想，"我还年轻，不能这样被耽误下去了。"

然而等他出现的时候，这一切又抛之脑后了。

他一脸憔悴，衣服湿漉漉的，一进门就直直地向沙发扑过去。

他病了，额头滚烫。

她给他换衣服，烧热水，煮泡饭，备清淡的小菜，把刚才懊恼的心情都抛到九霄云外去了。一桩一桩有条不紊的琐事让她无比安心，都在告诉她：看，我是被需要的。她希望他一直病着，那样她就能一直被需要了。

七

有些人喜欢养狗，有些人喜欢养猫。养狗的人快乐会翻倍，而养猫的人悲伤会减半。也就是说，如果你想高兴，那么去养狗；如果你不想自己太丧，那么去养猫。狗介入人的生活，猫观察人的生活。

周文军还记得第一次见到她，在人潮涌动的校园，夏天的傍晚，天还很亮，她穿着苹果绿的紧身礼服，那么紧，那么美。她紧张兮兮的样子，她抗拒的神情，像一只小猫。他喜欢猫，喜欢她的安静，喜欢她的不争，喜欢她的从不打扰，如果他喜欢，抱过来摸一摸；他忙，就随她去。

可是她越陷越深。她渴望他的到来，渴望更亲密更长久的关系，她开始幻想有他的未来，她欢天喜地接受他微不足道的礼物，她通宵达旦守护他的床头——这不是猫的生活。他感到被爱的压力，他知道自己付不出对等的爱，知道自己迟早会辜负。他不是一个好人，但也不算太坏，他不想心怀愧疚。

他很明确，她对他而言本是可有可无的，说好听点，锦上添花。他不想自己被她缠住，他要的是来去如风的自由。

"我们分手吧。"周文军说，他不是当面说的，这句话打在手机上，发送给小艾。他不知道小艾的反应，拉黑，揣兜，一气呵成？他想着回头让秘书给小艾打一笔对他而言不大、对学生而言不小的钱。这样他就不欠她的了，轻松愉快。

下次应该找个爱钱的姑娘，他想，明明可以用钱买到的安慰，用感情支付太不划算。

有哥哥的女孩

一

即便是在十多年前，大一女生小艾那点生活费也极难熬过一个月。吃饭要钱，穿衣要钱，复印要钱，水电要钱，电话要钱，上网要钱，买二手教材要钱。她妈嫌她吃饭贵，算下来吃饭反而不是主要的开销。她一顿一两饭，一个免费汤，低头弓背在角落里吃饭，唯恐被人看见。

她申请了两个勤工俭学岗，其中一个是在学院里帮老师整理每年交换生的申请资料，一个长相秀气的男孩子跟她一起做，是一份蛮清静的工作；另一个是商学院的进修中心，挂着学校的牌子，请学校的教授给小企业家讲讲课镀镀金。她在里面当礼仪兼秘书，泡泡茶跑跑腿。因为每次讲课都会有相当不错的自助午餐和水果，所以这工作在勤工俭学岗里被认为是"肥差"。

企业家们日理万机，上课甚至考试常常由秘书代劳，签到处的小艾看得眼花缭乱，几个月下来也认不清几个人。唯有其中一个姓叶的先生每次都是亲自来，亲自签到，亲自倒茶，亲自吃饭。

人少场子大，遇到了坐一起免不了聊几句，虽然小艾是很讨厌跟人吃饭的，她总是挑贵的挑饱腹的吃，觉得很丢脸。

叶先生说他是这个班的"班长"，小艾笑起来。

"你不信？"叶先生道。

"不不，我不是笑你，"小艾说，"我是想说，原来你们也有班长。"

对于大一的小艾而言，大三大四的人就是值得尊敬的前辈了，已经工作的校友形象伟岸，叶先生这样叔叔辈的成功人士更是遥遥在上的大人物，"班长"这个学生气的词加在他身上，有一种嘲讽的意味。

叶先生跟她聊起来，她才知道真的有班长，而且还挺重要。这种班，上课不是重点，重点是下课后他们一群人去哪里玩，大家聊聊天，通个气，最后发展到互相借钱互相持股。他说，班长呢，就是那个有一定号召力也比较服众的人，带着大家玩。

放如今，小艾一定会报以"呵呵呵"，这不就是一个跑腿小弟吗？但当时她还年轻，还不知道命运送上门的男人背后是什么模样。

"下学期你要搬到新校区去了吧？"叶先生说。

小艾一愣，她自己倒还没想到这一层："是呢，新校区到这里坐公交要好几个小时。"

"我的公司正在招实习生，办公地点离新校区很近，你可以考虑一下，收入是你勤工俭学的三倍。不是我照顾你哦，这是市场价。"叶先生说。

二

寝室里白天都没有人，只有晚上才倦鸟归巢热闹起来。室友们平时不怎么相见，距离产生美，感情反倒比别的寝室好。熄灯后大家要忙着把攒了一天的闲话说出来，六个女孩儿的卧谈会简直热闹非凡。

"今天有人跟我说小艾长得很好看。"小全神秘兮兮地说。

"谁啊？谁啊？"众人起哄起来。

"他不让我说。"

众人都嫌她卖弄关子。

"我们小艾很漂亮啊，就是穿衣服太简单了。"一个人说，"小艾，你皮肤白，不要穿得灰头土脸的。"

众人一人一句献计献策起来，这个说亮色好，那个说裙子好。

"我有条裙子穿不下，我也不想退了，小艾，你明天试试好不好？"小全说。

说的人是绝对的无心，听的人却十分留意。小艾胡乱应付着，莫名不快起来。越是穷，越是敏感，总觉得别人的小心翼翼是怜老恤贫。

永宝说她两个哥哥都带女朋友见家长了，补充道："我妈一人给了一对镯子，都是去年在香港买的。结果两个姐姐偷偷比重量，二姐姐的镯子比大姐姐轻一点儿，跟我二哥吵起来了。可她的镯子精致呀，比大姐姐的还贵一点儿呢。"

小全道："古人云，天下父母偏心的多。我看天下子女多心的也多，偏心的遇到多心的，就有的吵了。人人都觉得自己是吃亏的那个。小艾，你说是不是？"

小艾说："我妈从来都是一碗水端平，不让人抓小辫子。买什么都是一式两份，每个月生活费也是一样的，我还说我哥花钱的地方多，让妈多给他一点，她都不肯。"

小全说："你哥不是工作了吗？"

小艾说："他是个打工的……他没考上大学，赚得少开销大，不像我在学校里花不了几个钱。"

众人遽然安静下来，小艾觉得不对劲儿，没话找话说下去："在老家的时候也是一样。那时候惨，一缸榨菜能吃一周。"

永宝说："你和你哥一人一缸？"

小艾说："我哥成绩不好，我妈陪读给他烧菜；我在镇上上学，住校，这不好比。"

众人又安静了。

小艾警觉起来，赌气道："男孩女孩不一样啊，比如他胃口大，有肉先照顾他吃，总不能说我妈重男轻女吧。再说将来他要结婚要造房子，开销比我大多了，我妈给他攒一点又不算什么。"

众人很默契地保持着安静。

小全焦虑地想没话找话，却找不到，急得抓耳挠腮。小艾觉得自己被冒犯了，急着要自卫。她那几句偏偏越描越黑，后悔不迭。

就在这诡异的安静中，只听两声克制的敲门声，传来巡房的宿管阿姨的声音："12点了，同学们睡吧。"

众人默默感谢阿姨来得正是时候，便互道晚安睡了。

小艾睁着眼睛，一肚子气。

她妈当然是深深爱着两个孩子的，而她当然深深爱着她哥哥，哥哥自然也是维护她的。他们是相亲相爱的一家人。她根本不需要跟外人解释什么。

她算了算，这个月手头攒了一笔钱，可以给哥哥买台电脑，他总是抱怨电脑太久了速度太慢，找工作发个简历都要发很久，害得他都不想找工作了。

三

小艾新学期在叶先生那儿兼职，虽然只是个办事处，面积不大，但是还算气派。

她每周五去工作一个下午，很轻松的工作，站在前台守着电脑就行。

"我请一个正式员工，要给她上医保社保，还有各种税费，找你就只要给工钱，所以千万不要觉得我在关照你，是你在关照我。"叶先生说。

对一个穷人而言，什么最珍贵呢？

坚挺的人民币和脆弱的尊严——叶先生都给到了。

几个月后，小艾的母亲打电话过来，说家里房子被雨水冲坏了，需要一万元整修，让小艾和她哥哥一人出五千。小艾并无异议，好在暑假快到了，可以整月出去赚钱。想到这里，她又有些疑心她妈为何每次都恰好是寒暑假前要钱。

叶先生给她加了一倍薪水，还让她暑假全职实习，还说她愿意晚上加班的话，可以再开高一点。她二话不说，把活儿应了下来。虽然每天十一二点才能回家，但一想到收入，她就觉得很安心。

发了工资，她又凑了点儿积蓄，搜搜刮刮给她妈打过去。她妈拿到钱后，消停了没几天，又打电话过来："阿囡啊，我看上海钞票蛮好赚的，你不要乱花钱啊，有钱打回家让妈妈帮你收起来好了啊。"小艾说身上实在没有钱，早都打给她了。

她妈不信："妈妈总不会骗你的，外面坏人多，我看新闻上总说骗钱的，你存妈妈这里好了。"

她再三表示没钱了。

她妈这才说了实话："房子修一修也要好几万，我想着不如添点儿钱，我再借点钱造一个算了。反正你哥哥上海是留不住的，以后回来看媳妇也要造房子。"

小艾皱了皱眉头："不是说好等我上班了再造房子的吗？现在你找哥去，我真的没钱了。"

她妈说："你哥的钱都在我身上，他很孝顺的。"小艾一听，疑有责怪她不孝的意思，气得挂了电话。

四

叶先生下班的时间越来越晚。他说她一个人在办公室值班不安全，他陪她。

他先陪她整理文档，然后陪她泡咖啡，然后陪她聊天，陪她讲笑话。有时候冷不丁从她背后冒出来，拍拍她肩膀，再到摸摸她头发。

她并不讨厌叶先生，虽然现在越来越讨厌了，但无论如何，她需要这份工作，再忍耐一下，忍耐到暑假结束就好了，她想。白天这里都是人，叶先生也不会乱来。

这天叶先生神神秘秘拿了一个盒子过来，摆在她桌上。

"这是什么？"她问。

"送给你的。"叶先生说。

"为什么送我东西？我不要。"她说。

"小东西而已。为你买的，生日快乐。"他说。

她眼眶一热。这辈子都没过过生日的她，第一次觉得有人疼。

既然这样说，就不得不拆开了。

是一串吊坠，亮闪闪的。她不懂这些，但看包装就知道很贵，慌得马上把盒子按上，包装纸却是补不回去了。她以为只是一盒巧克力或是一块手帕之类的小东西，不料他这么大方。

她忙把盒子递过去，却被叶先生按下，他温暖的手掌贴着她的手臂，令人心安的厚实。

他摸摸她的头，开玩笑说："不肯收就辞退你哦！"

她是想把礼物退回去的。

可天下有两件事一定要当场做：一个是道歉，一个是退礼。有些事错过那个最佳时机，再想做，只会越来越难，也越来越尴尬。她看了吊坠四天，每天都对自己说不一样的话：不行，我一定要退回去；等我明天退回去；要不等下周退回去吧；算了，有钱人不在乎这点小东西。

尤其是叶先生一脸什么事都没发生的样子，更让她觉得自己小气得上不了台面。

"要不等晚上他吃饭的时候，偷偷放到他办公桌上好了。"她想。

叶先生的办公室虚掩着门，关了灯，虚掩着窗，楼下车水马龙，正是晚高峰。对面的霓虹灯透过玻璃幕墙，在杂乱的办公室里映出光怪陆离的反光。

她有点诧异，平时他是不关门的。

她小心翼翼走进去，桌上很乱，简直没地方放东西，她想把东西放茶几上，刚凑到茶几，沙发边伸出来一只手握住她的手腕往下一拉，她尖叫起来，摔倒下去。吊坠盒子滚落一边。

中央空调打得有点低，晚高峰的喧嚣透过半开的窗格外吵闹。

她虽知道屋里关着灯，外面的人是看不到里面的，依然本能地觉得羞耻。红灯亮起又暗下，又亮起，又暗下，车流随之蠕动着，像一只巨大的毛毛虫。路口蹿出的小孩被电动车蹭到了，两个女人吵了起来，堵住了本来就不畅快的车道；一对情侣旁若无人地在公交站接吻；刚下公交车的女人高跟鞋卡在排水口上进退不得；饭店的招牌灯坏了一个……她趴在茶几上看得出了神："真热闹，我以前怎么没发现呢？"

一阵剧痛传来，献祭的少女被恶龙吞下。
身后的那个男人渐渐加快了速度。路上的行人也快速小跑起来。
原来下雨了，她想。疼痛渐渐变得麻木。
傍晚的对流雨，倾泻而下，哗啦一声，整个玻璃墙瞬间朦胧一片。
温热的雨水透过半开的窗户洒了她一脸，散发着夏季特有的暑气。
他的愉悦结束了，她的青春戛然而止。
吊坠还在地上，一闪一闪，折射霓虹灯的光。

五

一晚上的收益远远大于辛苦工作两个月的薪水。赚钱时的不快并没有延续到花钱上,对此她很满意。她出去好好吃了一顿夜宵,买了时令水果,很大一袋,准备分享给室友们。与其说是回馈,不如说是扬眉吐气。

穷本身就有伤自尊,不论室友对她怎样小心翼翼,她心里总是有个疙瘩。对她不好的,自然是看不起她;对她好的呢,她还是觉得别人看不起她。总之,自己觉得矮人一头,看什么都不舒坦。

水果也分了,过生日也可以请室友们吃饭了,吃饭也不用担心免费汤打完了,去服装市场买一身便宜的新鲜衣服,走在路上觉得天都敞亮了。虽然对旁人来说只是最日常不过的消费,但是对她而言竟是天地变幻的喜气洋洋。这些消费仅靠她的生活费和兼职收入就可支付,叶先生给她那笔钱,她全部寄给了母亲。

人要往上走很难,往下走却很容易。

有些事情,从来没有"只有一次"的道理:要么从来不碰,要么从头做到底。

小艾刚刚才感受到做个体面人的愉快,断然舍不得放手,甚至偷偷后悔自己的后知后觉。

六

这年春节是她第一次回家,啥也没干,就和家人吵了一架。

她有个发小叫小娟,没考上高中,早早就和同村的男人结了婚。小娟男人在外面打工,自己在村里照看公婆带孩子。她和小娟聊起自己的艰难,聊起母亲的不易,聊起屋漏偏逢连阴雨,聊起母亲从屋顶摔倒，小娟疑惑道："你妈没毛病啊，我一直看她下地来着。"

她立刻跑回家，押着她妈问房子哪里漏了，看脚哪里伤到，她妈这才说实话："我还不是怕你乱花钱？我也是为你好。要不是这样，你能攒下钱来？等年后，我们把房子造一造，你不是也沾光吗？"

"沾光？我要沾光做什么？你知道我有多累吗？你骗我说你病了……"小艾气极了，眼里噙着泪。

"我知道你赚钱很辛苦。"她妈抚慰道。

"你知道个屁！"话音刚落，小艾趴在桌子上大哭起来，哭得面色发白头昏脑涨，喘不过气来。小艾的妈和哥哥面面相觑。

半晌她理顺了气，指着她哥的鼻子道："我出的钱，给你造房子，我沾光？从小到大，做事的都是我，得好处的都是你，妈每次都是装好人拉偏架，你真当我傻吗？我哪一次沾了你的光？"

"你这孩子怎么这么说话？怎么说你哥也是你娘家人，你将来嫁出去受欺负，还不是靠哥哥给你撑腰？用得到你哥的地方还有的是，一家人分这么清还怎么过！"她妈说。

小艾冲了出去，跑到小娟家里，愤愤不平。

"唉，大过年的，你看你，给自己找不自在。"小娟说，"我就挺羡慕你有个哥哥的，结婚了你就知道有哥哥有多重要了。娘家人阵仗大的，老公一个手指都不敢动你的。像我这样就少不得受点儿零碎气了。"

小艾怔怔地看着她憔悴的容颜，听着婴儿无休止的啼哭，第一次那么讨厌家乡，她生长的地方。

七

春节后，她急急回了学校。

没到十五，学校里还很冷清。

她接到一个奇怪的电话："是××大学××学院××专业大三的艾小姐吗？"听着是个干练的女声。

"是。您是哪位？"

"我是××企业菁英讲堂的学员，有些事情我想和你面谈。今天下午你没课吧，来学校的咖啡馆喝一杯好吗？"对方说。

对方的语气非常客气，却透着一股不容拒绝的气势。小艾深知这些学员都大有来头，连学校里的老师都不敢随便得罪他们，就应了下来。

下午两点，咖啡馆年后刚刚开张，还没多少人气。

小艾一眼就认出那个电话里的女人：正红色的大衣，鲜艳的妆容，神采奕奕，大冬天的坐在户外座位，桌子上放了一杯冰咖啡。看上去很年轻，是那种年长女人保养得"看着年轻"的年轻，和小艾的"年轻"不是同一种。

女人开门见山，说："艾小姐，你好，我是叶先生的太太。"说完在桌上推过来一张名片，一堆的头衔。

小艾脑子里嗡的一声，只恨没个地方可以跑开。

"艾小姐，你不要紧张，我不是来兴师问罪的。这个事情主要责任不在你。"她亲热地拉起小艾的手，说，"我只是来跟你随便聊一聊——以一个大姐姐的身份，你就叫我玉姐好了。"

"我不知道你看上叶先生哪一点，要是为了钱的话——恕我唐突——叶先生的钱，都是我的。"接着她说了一些叶先生的事情，拉家常一般娓娓道来。小艾这才知道，叶先生的公司家产都是玉姐一手赚下，他本来只是有个饿不死的工作，玉姐在公司里给他插了个副总的职位，为的是不让他在外面乱跑。甚至，这个总裁班也是玉姐让他来的，玉姐不稀罕这个有名无实的花哨学位，他负责上课跑腿，玉姐负责跟人应酬勾兑。

"艾小姐，你还年轻，还大有可为，同为女人，我不会为难你。"玉姐先让小艾定了定神，款款道，"你从 ×× 考上来，必然聪明，又这么漂亮，你这样的人才前途无量，不要因为这件小事就耽误了自己。我希望你也不要为难自己。"

叶太太和颜悦色地说："叶先生在上海是没什么家底的，我花了很大力气把他弄得像个人。这家公司、这个人，包括他给你的一分一毫都是我一手攒下来的。我没有别的要求，只希望艾小姐把他给你的钱物归原主，这样你这里的事情我就不追究了。"

她顿了顿道："我也不是差这点钱，我就是心里堵得慌，我差这口气。你还有两年就毕业了，这么好的大学，这么好的专业……你们学院的王院长还跟我提起你，说你成绩不错，勤工俭学也上心。要是因为这种人闹得满城风雨影响你毕业，就太让人惋惜了。我也是有孩子的母亲，将心比心，我想这样你的母亲也会很难过。"

小艾的思绪风车一样翻转，找不出一句话来反驳。她不是没疑惑过叶先生的家世，她只觉得那是极简单的一笔交易，不牵扯到任何人，叶先生给钱，她给人，如此而已。

就算正主出现，难道不应该像电视剧一样，大房跑过来跟她说"给你五百万，离开我先生"吗？

"玉姐，我现在没有钱。"小艾怯怯地说。

"不要紧的。我知道，你家里有这笔钱的，就算没钱，你那么会赚钱，是不会愁的。"玉姐笑嘻嘻的，不带一点儿愠色，一边说一边在纸巾上写着什么，"给你一周时间，我不是那种斤斤计较的人，零碎的钱我也不要了，你把十万块打到我卡上吧，这是我的卡号。"

说完，她起身拍拍小艾的肩，说："你懂我的意思，我是说到做到的爽快人，不要让我为难哦。"说完，扭着高跟鞋走了，桌上空余一杯一口没喝的冰咖啡。

小艾坐在冷风里哆哆嗦嗦掏出手机，给叶先生打电话，连续三个都没有人接，第四个直接忙音了。她当然懂玉姐的意思，刀刀见血，每一句都是杀机。

别的她都不在意，唯一在意的是学位。那个年代，这种事情被人闹到学校，给个开除也不是不可能。她好不容易跳出那个村子跳出那个家，让她再回去过发小那种奶着孩子伺候一家人的日子，不，她宁死也不。

八

唯一能求救的是她妈。她当然知道妈妈是个只进不出的铁公鸡，事到如今，也只能以其人之道还治其人之身了。她先说自己生了病，要钱看病，问她妈能不能从那十万块里拿出一点来，好说歹说只愿意掏出 500。眼看形势不妙，她忙改口说这是看病的押金，自己有医保，最后都能报销的，只让妈妈把钱转过来救救急。

无奈小艾妈妈深谙此道，只说钱已经交给施工队了，身上一分都没有。

"还没出正月，村里哪来的施工队？"小艾几乎是喊的，耳边却只传来忙音。

小艾挂了电话，满脑子都是玉姐带人上门的情景，做了一宿噩梦。

梦醒，看到妈妈坐在床边。

"你先起来，我慢慢跟你说啊。"她妈说，"有个女人打电话到家里来过了。我知道这笔钱你要拿去干吗。卡在这里，你快把钱还给人家。"

做生意的人最讲究信用，玉姐果然再也没有找她麻烦，至于玉姐有没有找叶先生的麻烦，这就不知道了。因为她再也没有见到过叶先生，再也没有去那个企业家商学院干活儿，只接学院里勤工俭学的单子。好在她从此只见她妈给她打钱，不见她给她妈打钱。靠着助学贷款完成学业应该没有太大的问题。母亲的心有点偏，但终究还是在乎她的。

她只觉得好笑，归根结底，这笔钱从一个女人手里，流落到另一个女人手里，牵涉三个女人两个男人。忙碌的是女人，献身的是女人，筹谋的是女人，享受的是男人，受益的也是男人。

以前的日子，就算了；以后的日子，她想为自己活。

前台往事

一

对于一个前台而言，她有些美得过分。干净的妆容，随性的马尾，高个儿细腰，像时装设计图上的小人。她的眼睛细长，喜欢抬头眯着眼看人，有一种佻侂不羁的神色。

"姚哥儿，你该去当个模特的！"每个人都这么说。她喜欢别人叫她"哥儿"。她不是那种能被叫"妹儿"的人，叫"姐儿"又不搭她的姓。

"我当模特的时候，你还不知道在哪儿玩泥巴！"她总是这样回应，带着七分得意三分失意。她的下巴尖尖的，下颌却有些方。她的美不是那种姨太太式的娇媚，而是略带攻击性的英气。

她的美很受男生欢迎，但这种美高高在上得让人望而却步，并没有几个男孩子敢跟她搭讪，但男人绝不讨厌美女。

女同事和女同事之间则充满了不可逾越的隐秘结界。一般而言，对于比自己好一丢丢的身边人，人们会嫉妒；而对于美自己一大截的人，人们会仰慕。如果不是情敌的话，女生比男生更喜欢好看的女生。姚小姐就是这种男男女女都高看一眼的人。

这几日整个分公司都在准备周末的会展，大家忙着赶大工，人仰马翻。整栋楼唯有她优哉游哉，跷着脚在椅子上玩手机涂指甲。

"姚哥儿周日有没有空，帮我们去国际中心站个台？"市场部的主管忙了一个白天没吃饭，抱着刚冲好的擂茶笑着问她，"外包公司找的都没你好看，庸脂俗粉。你有那种特别有格调的气质。"

她哈哈一笑，说："老价钱？"

小主管伸出四个手指头："老价钱。"

"行！你周五记得提醒我。"她说。

她以前是当模特的，拿过一些不尴不尬的奖。杂志上的她不算打眼，放到生活中，就是公司里最闪耀的一枝花。现在偶尔也出去给淘宝卖衣服的拍照，一天五六千，相当于她在这里当前台小半个月的工资。公司的项目偶尔需要模特也会找她，开的也是市场价，算外快。

"干吗不去当职业模特？赚得不比这儿多？"主管说，"你在这儿，浪费！"

"模特儿多累呀，这儿省心多了。"

"一天四千块！要是我，一个月只干一个星期，就回家睡觉去。想想就爽翻了。"

"我是差这几块钱的人？"她翻了个白眼。

主管赔笑道："那是那是。"

这个主管没来多久。市场部是核心利润部门，在这栋楼里，能翻市场主管白眼的人，只有四个。

一个是偶尔来巡视的大老板。他是个笑呵呵的弥勒佛，辞退人都是笑着辞的，目前为止还没有行使过白眼权。

一个是管报销的财务。每到月底，她一天能翻几十个白眼，无纸化办公后，眼球运动量大大减少。

一个是扫女厕所的阿姨，是个闲极无聊找事做的拆迁户。

还有一个就是我们的前台姚小姐。

主管受这个白眼一点都不冤枉。

姚小姐浑身上下都是牌子货，有她认得的，也有她不认得的。任她收入是姚小姐的几倍，这一身行头也是置办不起。

"还有事儿？没事儿我去收拾下办公室。"姚小姐说。

"你忙你忙。"市场主管麻利地走了。

所谓收拾办公室，不过是去老板办公室打个盹儿。公司的业务接待都有各自的接口人，门口有个看大门儿的保安，故姚小姐的前台工作并无太多实质性意义。

二

老板曾是个青年才俊，所幸人到中年有中年人的阅历和心境，却无中年人的大腹和油腻。老板早年留学国外，回国后办了公司。

和那些浪尖上的大佬比，他行事低调，既不和政府官员往来，又不爱上报纸杂志，也不好当青年导师。如今家大业大，不盘核桃不车珠子，日常读书跑步看话剧赞助音乐会收购艺术品，品味高雅，为人谦和，堪称中年楷模。

老板常驻北京，很少来这里，但也有一间大办公室置办着，这个办公室除了姚小姐谁都不许进。里面一半是老板的私人物件，比如不中用的礼品、心血来潮买的稀罕玩具；一半是姚小姐的私人物件，比如抱枕毯子拖鞋睡衣，她喜欢待里面睡午觉，据说沙发价格不菲，体感极佳。

偶尔老板回来，姚小姐就会收拾出办公室，也会帮老板呼朋唤友地应酬。

有人窃窃私语，说姚小姐是小蜜，姚小姐就当着同事接电话："今天晚上？晚上我约了人没时间。"放下电话故意让人瞅见，是老板的号码。她还在那里愤愤不平："说来就来说走就走，把我当什么人了？我是那种招之即来挥之即去的人吗？把我当总部那群人看了。"言辞之间却显露出得意之色。

能翻主管白眼的，大概真的只有姚小姐一人了。

三

周日的会展进行得还算顺利，姚小姐的倩影是一道亮丽的风景线。唯一的遗憾是姚小姐太靓丽了，她在那儿微微一笑，注意力全部被吸引到她身上，没人看产品，现场工作人员不得不好一阵吆喝。还有人偷偷问展方是从哪儿请的模特，公司的人带着十二分的得意说："这是我同事，来客串的。"

几天后，营销主管收到一个乙方的邀请，请他们去国外开会，说是开会，其实是旅游，用开会的名头省税罢了。这种白捡的便宜当然不能错过，一群人调整好时间，浩浩荡荡杀去韩国。姚小姐在其中，恍若一群鹌鹑里的天鹅。

一群人玩了一整天，几个女生把战利品带回酒店，晚上决定组队去夜店玩耍。姚小姐买了一条牌子货的男款围巾。不识相的新主管问她是不是给男友买的，她大笑："我没有男朋友。"

一群人交头接耳，好不容易挑好了地方。

主管大手一挥："走！"

姚小姐厉声道："停！"

"你们这样子去夜店丢不丢中国人的脸啊？你这妆脱得粉是粉油是油的，你这是穿的什么啊？还有你，说你呢，你妆都没化！"姚小姐一副怒其不争的样子，把一群打扮得鹌鹑样的女生押回房间。

过了半小时，女孩子们化好妆出来。姚小姐的眉毛拧成了毛毛虫。

"妈呀，你这眼线怎么画的！你闭上眼睛照照镜子，弯弯曲曲，跟虫子爬过一样。哎呀，你的唇膏什么色儿啊，衬得你跟难民似的。还有你，把裤子往上提两寸，这么穿矮半截儿。得得得，你越弄越脏，我给你画。"

姚小姐接过眼线笔，从眼线胶、眼线液开始讲起，细细讲化妆的手法、妆容的设计、脸形的凹凸、高光和阴影的处理、底妆的按压手法云云。讲到兴起，说自己当年如何正儿八经去日本学化妆，还专门去学素描，以了解脸部结构和光的关系。

几位女同事已经听呆了。公司有专门的化妆师，重大场合专人处理，平时大家能看看美妆博主的视频就顶了天了，何曾遇见过如此高规格的美妆课程？

化完妆，大家围上来一看，果然换了一张脸，脸上虽然浓墨重彩，却又整洁细致，并不显脏。姚小姐解释道："现在看着有点重，灯光一照就好了，室外也没问题。"

　　众人纷纷要求姚小姐给自己化个妆。姚小姐知无不言诲人不倦，一一满足她们，化完妆，又讲衣服的搭配，色彩款式娓娓道来。她说要人穿衣服，不是衣穿人；她说赶潮流不是追爆款，衣服上要有个人意见的表达。小鹌鹑们听得云里雾里，又不得不夸搭得真好看。

　　等出门的时候，人人焕然一新，已经夜深。

　　下电梯时，她语重心长道："其实我也不是嫌弃你们，我就觉得希望大家一起出门，一样好看，跟我一起的人不好看，也是丢我的脸。"

　　大家交口称赞，只有服气，只恨没有早点儿认识姚小姐。其中一两位，还很遗憾结婚略早了几个月，婚礼妆容都没今天姚小姐随手两笔来得好看。

四

　　那夜姚小姐玩得很尽兴。在其他尚放不开手脚的同事眼中，酒精作用下的她，尽情饮酒跳舞，尽情和漂亮的男孩子聊天。聊天很久——姚小姐并不会韩语，所以聊了什么成了谜。

即使是在美女如云的地方，姚小姐依然是醒目的那一个。因为她的身高，也因为她独特的美——美丽的皮囊在韩国更容易千篇一律。她太突出。

喝着喝着，她就哭了起来。其他人平时不怎么玩，不太习惯夜店的吵闹，趁机把她拉出来。她站在夜店门外吹着风，一边哭，一边嘟嘟囔囔地说话，哭得很伤心。

"我哪里比不上她？哪里不如她？我是那种人吗？我可没那么下贱。我真心看不上她们，看不上！哈巴狗一样……我在的时候，还没她们呢！"

新主管和几个资历浅的听了面面相觑、不明所以，两个资深的老员工拍着姚小姐的肩膀表情复杂。姚小姐哭着哭着睡着了，老员工小心翼翼拣着最温和的词来讲述这位前台小姐的往事。

五

姚小姐并不是分公司的，她的编制到今天还在公司总部。公司根据员工的先来后到编号，在几千人的公司里，姚小姐的编号是005。001是老板自己，002是一个出了一大笔钱的合伙人，003是当年的CTO，004是一个已经猝死的元老。

世人对理工男总有些偏见，尤其是码农出身的，觉得他们不解风情，安全朴素。这是偏见。没被发现的都叫木讷，被发现的都叫闷骚。差别在于掩饰技巧的高低。

和公司发展同步的，是老板从各种圈子搜罗来的"女性朋友"。老板当初未结婚，所以这不是什么人品问题。后宫佳丽三千不至于，几十总有，莺莺燕燕会聚在某个固定的地方。姚小姐是其中最早认识老板的，虽然这里对"老资格"并没有偏爱。

毫无疑问，这是一个竞争激烈的地方，普通人很难想象那里的姑娘是如何美貌，只知道姚小姐费尽力气，依然在那个圈子里败下阵来。

"姚小姐已经这么漂亮，这么能打扮，这么会应酬了。那她的竞争对手该是什么人啊！"一个新人发出真诚的感叹。

"你去过北京总部指定的那几个会所吗？"老人问。
"很豪华，很高级。"新主管说。
"嗯。看来你没去过最上面两层楼。去过的人可不是这个反应。"资深员工说。

"我就进去过一次。电梯里扑面而来……"
"美女？"

"不，美女的胸。雪白的圆润的胸，在我视平线上。"她比画了一下，"美女都穿着高跟鞋，赤脚身高估计也能有一米七。那么长的腿，那么细的腰，别说男的，我都把持不住。"

新主管看了看坐在地上睡过去的姚小姐，没料到公司万人迷一枝花的她只是刚刚擦过门槛的及格线。

据资深员工的八卦，之后心灰意冷的姚小姐赌气离开北京，老板当真就在深圳给她安排了这么一个职位，这下是想回都回不去了。这儿算不上冷宫，算行宫吧，天高皇帝远，清净。

姚小姐绝不会承认对自己的定位是"不屑于"和北京那群女友争风吃醋，绝不承认自己是败军之将落荒而逃，即便是在自己的内心深处。她相信自己是主动弃权的——的确是主动的，她相信自己只是"不屑"罢了，她很有尊严。

这才有了我们分公司对老板嚣张跋扈的姚小姐。妾妇似的嗔怨，是她自我保护的一层壳，因为久经考验懂得分寸，所以格外嚣张。她深知什么程度的嚣张是被允许的，是最安全的。好在她心眼儿不坏，她的嚣张只针对老板，绝不伤及无辜。

姚小姐刚到深圳的时候，很不消停，过了几个月才安静下来。不久就交了一个"帅得可以拍电影"的男朋友，专门在老板来公司的时候晃。那时候还没有微信朋友圈，只能真人来公司送花、送蛋糕、接下班。

不得不说漂亮人总是和漂亮人交朋友。男友刀削斧凿般的面孔，和她站在一起，像婚纱广告的模特儿，美得很不真实。

她一边交男友一边放老板鸽子，本想以此激将，骗出老板的温情。不料老板看她，如父母看着刚会玩小把戏的小孩，看得玻璃透亮。老板冷眼看之，直接飞回北京，整整半年没回来。你敢晾我一次，我就冻你半年，没什么陪你玩的心情。

从那以后，姚小姐安安静静做她的前台，即便是摔摔打打，也控制在无伤大雅的范围内。她也明白自己能作多大死，取决于老板对她还有几分旧情。

首尔之行后，部门女员工的化妆水平一日千里，并持续保持强劲的增长势头。姚小姐很是欣慰，虽然并不会有人因此给她加工资。

她依然可以随时打卡、爱干不干、过午就睡、随时下班，以及对任何人翻白眼，但是对老板的白眼是有分寸的，多多少少含着一份恃宠而骄的傲气，一份偏居一隅的委屈。

半年后，老板结婚了。
老板娘是他在海外的初恋，四平八稳。夫人娘家也是家大业大、手眼通天，夫人本人爱好文艺，热爱旅行，岁月静好，偶尔也参与公司重要事务。两人重要场合都是十指紧扣、同进同出。

北京的会所还在吗？据说还是在的，依旧有扑面而来的雪白柔软的胸。

老板娘在乎吗？据说是无所谓的，老板娘也有自己的玩法。门当户对的婚姻里，聪明人是不会吃亏的。

这大概类似《纸牌屋》里的爱情，他们的爱情，已经和婚姻、股权、社会地位、财产关系紧紧牵绊在一起，缠绕着，绞杀着，密得风透不进水泼不进，再没有人可以掺和进去。他们彼此懂得，同声相应，同气相求，他们的婚姻，无比安定。

又过了一年，姚小姐结婚了。

新郎是个年轻的小伙子，家境和姚小姐差不多，但容貌只是一般。显然他对于能追到姚小姐这样的人物，是非常谢天谢地了，对姚小姐鞍前马后呵护备至。

公司有些同事去了，回来说老板也去了，送了一份大礼，致了辞。虽然老板年纪不大，却已然有了一副老父嫁女的姿态，目光很是温柔。婚礼上的姚小姐矜持而典雅，大家从未见过如此神色的姚小姐。

她说谢谢老板曾经的关照，婚后她会辞职开一个服装店，公司都注册好了，请大家给她捧场。